살아 있는 것은 아름답다

살아 있는 것은 아름답다

신경림 시집

창비

차
례

제3부

제4부

제 1 부

고추잠자리

흙먼지에 쌓여 지나온 마을
멀리 와 돌아보니 그곳이 복사꽃밭이었다

어둑어둑 서쪽 하늘로 달도 기울고
꽃잎 하나 내 어깨에 고추잠자리처럼 붙어 있다

해 질 녘

꽃 뒤에 숨어 보이지 않던 꽃이 보인다.
길에 가려 보이지 않던 길이 보인다.

나무와 산과 마을이 서서히 지워지면서
새로 드러나는 모양들.
눈이 부시다,
어두워오는 해 질 녘.

노래가 들린다, 큰 노래에 묻혀 들리지 않던.
사람에 가려 보이지 않던 사람이 보인다.

당신은 시간을 달리는 사람

　복사꽃 살구꽃이 피어 흐드러지고 안개를 뚫고 햇살이 스민다. 나는 먼 나라, 더 먼 나라로 가는 꿈을 꾸면서. 당신과 함께 나의 스물에.

　종일 나는 거리를 헤맨다. 문득 기차를 타고 가다가 산역에서 내리기도 하고. 모차르트를 듣고 트로츠키를 읽는다. 당신의 눈빛에서 꿈을 놓지 않으며. 당신은 나를 내 나이 서른으로 이끌고 가고.

　세상은 어둡고 세찬 바람은 멎지 않는다. 나는 집도 없고 길도 없는 사람. 달도 별도 없는 긴 밤에, 빈주먹을 가만히 쥐어보면 문득 내 앞에 나타나는, 당신은 나의 마흔에서 온 사람.

　조금은 서글퍼서 조금은 아쉬워서, 몇발짝 뒤처져 남을 따르면서, 분노하고 뉘우치고 다시 맹세하다가. 마침내 체념하고 돌아설 때 가만히 내 손을 잡아주는, 당신은 나와 나이 쉰도 예순도 더불어 하면서.

이제 내 곁에 와 서 있다. 내가 지금껏 알지 못한 세상의 기쁨을 알게 하면서, 내가 여태껏 보지 못한 세상의 아픔을 보게 하면서. 내 빛과 그늘을 모두 꿰뚫고서, 당신은 시간을 달리는 사람.

숨어 있는 것들을 위하여

바위틈에도 돌 틈에도 숨은 것들이 있다.
나무 사이에도 담벼락 사이에도 있다.
꽃들이 숨어 있고 풀들이 숨어 있고 돌들이 숨어 있다.
바람을 피해 햇살을 피해 숨어 있을까, 아닐 게다.
숨어 있어 아름답고 보이지 않아 더 아름답다.

숨은 것들은 사려 소리 왁자지껄한 장바닥에도 있다.
차 소리 기계 소리 요란한 도심에도 있다.
새소리 바람 소리 조용한 산마을에도 있다.
숨어서 작은 일들을 하고 작은 것들을 만든다.
세상이 무서워서일까, 아닐 게다.
빛나지 않아 아름답고 설치지 않아 더 아름답다.

당연히 저것들도 다 만든 분이 계실 게다.
저렇게 숨어 살게끔 아름답게 살게끔 마련한 분이 계실
게다.
그렇다면 모진 태풍이나 심한 폭우에
그들이 남 먼저 쓰러지고 깨어지는 것은 어째서일까.
다 미리 그렇게 마련되어 있다는 말인가, 아닐 게다.

그분 혹 너무 먼 데 너무 높은 데 계셔
그들의 존재 까맣게 잊어버린 것은 아닐까.
그들이 세상을 반듯하고 아름답게 지탱하고 있다는 것을
아주 오래전에 잊어버린 것은 아닐까.
너무 큰 것만 보다가, 너무 높은 목소리만 듣다가.

꽃밭에서

춥고 어두운 골목 같던 내 스물을 나는
불행으로만 기억하지는 않는다.
그 골목 끝에 벌들이 잉잉대는 꽃밭이 있었으니까.
그 골목을 지나 나는 세상으로 나왔다.
세상에 나와 나는 더 많은 상처와 아픔을 얻었지만.

한숨과 탄식으로 얼룩졌던 내 서른을
나는 슬펐다고 탄식하지는 않는다.
한숨과 탄식을 달래주는 너의 환한 웃음이 있었으니까.
그 웃음을 타고 나는 세상을 돌아다녔다.
너무 많은 것을 얻으며 살고 있는 건 아닐까
조금은 부끄러워하면서.

마흔 쉰 예순 일흔……
주는 것보다 얻는 것이 더 많았다.
빼앗기는 것보다 빼앗는 것이 더 많았다.
꽃밭에 와 서니 대낮에도 별이 보인다.
내가 살아온 길이 환히 보인다.

살아 있는 것은 다 아름답다

살아 있는 것은 아름답다
하늘을 훨훨 나는 솔개가 아름답고
꾸불텅꾸불텅 땅을 기는 굼벵이가 아름답다
날렵하게 초원을 달리는 사슴이 아름답고
손수레에 매달려 힘겹게 비탈길을 올라가는
늙은이가 아름답다

돋는 해를 향해 활짝 옷을 벗는 나팔꽃이 아름답고
햇빛이 싫어 굴속에 숨죽이는 박쥐가 아름답다

붉은 노을 동무해 지는 해가 아름답다
아직 살아 있어, 오직 살아 있어 아름답다
머지않아 가마득히 사라질 것이어서 더 아름답다
살아 있는 것은 다 아름답다

소요유(逍遙遊)[*]

전파상 옆에는 국숫집이 있고 통닭집이 있고
옷 가게를 지나면 약방이 나오고 청과물상이 나온다.
내가 십년을 넘게 오간 장골목이다. 그런데도
이상한 일이다, 매일처럼 새로운 볼거리가 나타나니.
십년 전에 보지 못하던 것을 이제야 보고
한달 전에 안 보이던 것이 오늘에사 보인다.

기차나 버스를 타고 달려가서, 더러는
옛날 떠돌던 시골 소읍과 장거리를 서성이기도 한다.
밝은 눈으로는 보지 못했던 것들을
흐려진 눈으로 새롭게 찾아내고
젊어서 듣고 만지지 못했던 것들을
어두워진 귀와 둔하고 탁해진 손으로
듣고 만지고 다시 보는 즐거움에 빠져서.

밝은 눈과 젊은 귀에 들어오지 않던 것들이
흐린 눈과 늙은 귀에 비로소 들어온다는 것이 신기하다.
그것이 무엇인지 정확하게 알지 못하지만
언젠가는 그것을 알게 되는 날이 올 것을 나는 안다.

18

나는 섭섭해하지 않을 것이다, 그날이 내가
이 세상에 존재하기를 끝내는 날이 될지라도.

*『장자』 내편(內篇)에서 제목을 따왔다.

꽃, 꽃

개나리 벚꽃 살구꽃 목련이 한꺼번에 피어
벌을 불러 노래판을 벌이고 나비를 모아 춤판을 벌인다.
시새워 내뿜는 짙은 향기와 눈부신 빛깔에 취해
산과 개울과 마을이 몽롱하다.

개울가에 새떼들이 모여들었다.
번갈아 날아올라 춤 솜씨를 뽐내고
노래로 물속 고기들을 홀린다.
집집 쏟아져 나온 개와 고양이들도
신이 났다.

주말 개울장이 왁자지껄
사람들이 모였다.
꽃, 꽃, 온통 꽃이다.

황야

1

달이 성큼 창을 넘어 들어온다. 방 안에 가득해진다. 금세 나를 집어삼킨다. 내가 달 속에 갇힌다.

새벽이 오기 전에 달은 나를 토해낼 것이다. 창을 넘어 달아날 것이다. 내 안의 모든 것들을 빼어내 끌고 가버릴 것이다. 동그마니 빈 허울만 남길 것이다.

2

빈 허울만으로 남아 나는 행복하다.
버려진 곳이 텅 빈 황야여서 더욱 황홀하다.

월야(月夜)

달빛은 아름답고 고운 것들만 골라
강변과 들판과 산기슭에 늘어놓고
나는 달빛이 감춘 추하고 더러운 것들을 찾아다가
그 그늘에 늘어놓고

달빛은 추하고 더러운 것들을 자꾸만 지우고
나는 그것들을 자꾸만 드러내고

달빛은 부드럽고 애틋한 소리만 골라
강변과 들판과 산기슭을 가득 채우고
나는 사납고 음산한 소리만 찾아
그곳을 떠돌게 하고

달빛은 강변에 내려와 스스로 아름답고 고운 것이 되고
나는 달려가 굳이 추하고 음산한 것이 되고 마침내
아름다운 것과 추한 것이 서로 어우러져

달빛과 내가 하나로 어우러져

월야 2

저 길 끝에 어머니가 사시는 동네가 있을 것 같다

아득하고 멀다

달빛도 눈이 부셔 제대로 비추지 못하는 걸 게다

하얀 메밀꽃밭에서만 서성거린다

야윈 손이 드러나는 것이 두려워 나는 자꾸만 주머니 속에 숨긴다

그해 초여름

머리칼에 나부끼는 장미 꽃잎만 보면서
어깨 위를 떠날 줄 모르는 꾀꼬리 소리만 들으면서
사람들 사이에 오직 너만이 보이면서
치맛자락에 맴도는 싱그런 바람 소리만 들리면서

종일 아무것도 보지 못하고
마을을 덮은 들꽃들도 보지 못하고
자맥질하는 오리떼도 보지 못하고
멀리 산절의 종소리도 듣지 못하고

초여름 별밤이 네 하얀 손으로만 가득해
네 해맑은 숨결 네 웃음만으로 가득해
걷고 또 걸으면서 아무것도 보지 못하고
서쪽 하늘을 물들인 저녁놀도 보지 못하고

그해 초여름, 내 그해 초여름

새떼

1

수천수만마리 새들이 갯벌에 앉아 있다.

번갈아 날아올라 쏜살같이 물속으로 자맥질해 날렵한 몸매를 자랑하기도 하고,

낮은 하늘에서 둥글게 원을 그려 튼실한 날개를 확인하기도 한다.

그러다가 해가 기우뚱 수평선에 걸리고 서쪽 하늘이 새빨갛게 물들면

수천수만마리 새들이 하늘로 날아올라 춤을 춘다.

멀리서 보면 그냥 점들이다.

수천수만개의 크고 작은 점들이 갯벌에 앉아 있고

크고 작은 점들이 춤을 춘다. 하지만

어떤 새는 아직도 깃털 속에 백두산 두메양귀비의 향내를 묻히고 있고, 또

어떤 새는 부리에 바이칼호의 물고기 비린내를 물고 있을 것이다.

사막의 모래가 발톱에 묻어 있는 새도 있고 초원의 마른

풀 냄새가 몸에 배어 있는 새도 있을 것이다.

먼 길을 날아오는 사이 눈 하나가 멀어버린 새도 있고 발톱이 빠져버린 새도 있을 것이다.

봄이 오면 돌아갈 곳도 제각각이리.

북쪽 나라 추운 물가가 그리운 새가 있고 고량밭 한가운데 자리 잡은 늪을 꿈에 보는 새가 있으리.

먼 길을 날기에는 날개가 덜 회복된 새가 있고 몸이 가뿐해 잠시도 가만있을 수 없는 새가 있으리.

멀리서 보면 똑같은 점들이다.

수천수만개의 크고 작은 점들이 갯벌에 퍼져 있기도 하고 하늘을 맴돌기도 한다.

   2

너무 달라서, 생각도 다르고 생김새도 달라서

매일처럼 입에 침을 튀기며 싸우고 주먹질하는 우리들도

멀리서 보면 수천수만의 크고 작은 점들이리라, 어쩌면.

누가 옳고 무엇이 바른지도, 누가 잘나고 무엇이 비뚤어졌는지도 구별되지 않는

수천수만개의 크고 작은 점들이리, 멀리서 보면.

새떼

오랜 세월 내 몸에 들어와 둥지를 틀었던 것들이
둥지를 박차고 뛰쳐나갔다.
쏜살같이 하늘로 달려 올라간다.
새떼다.

나도 그것들을 쫓아 내 몸에서 빠져나간다.
끼룩끼룩 꾸르르
새떼를 쫓아 하늘로 날아오른다.
마을이 멀고 산이 까마득하다.
강도 바다도 먼 세상 꿈속 그림 같다.

머지않아 천둥 번개를 만날 것이다.
천길 낭떠러지로 곤두박질칠 것이다.
부리가 찢기고 날개가 부러져
어두운 골짜기 흙 속에 처박힐 것이다.
하지만 그중 몇은

훨훨 하늘로 날아오른다. 다시
새떼가 되어서.

수백수천마리 새떼가 되어서.

한때 제 거처였던 나를 까맣게 잊어버리고.

이제는 한점 이슬로 굴참나무 잎에 매달린 나를 멀리 바라보면서.

다 잊어서

아무것도 생각나는 것이 없어

찬란한 아침 햇살에 날개들이 더 빛난다.

귀로(歸路)

    1
어둠이 빠르게 번진다.
까마귀 붉은 노을 속으로 울고 가고
길가에 침엽수들이
떨고 섰다.

너 사는 아파트는
접근할 수 없는 성곽.
잡목숲 속에 숨은
네 따뜻한 웃음과 함께.

    2
너와 헤어져 막차에 오르면서
나는 세상으로부터 버려지고.

검은 능선 위로
별 하나 뜬다.

제 2 부

고비에 와서

별만 보자고 여기까지 와서 초원에 누웠건만,
어쩌자고 별 사이로 평생 내가 걷던 길이 보이나.
목로에 모여 앉았던 동무들이 보이고,
남루한 옷가지와 찌그러진 신발짝이 보이나.
별 말고는 아무것도 보지 말자고,
더 아름다운 것도 보지 말고 더 빛나는 것도 보지 말고,
오직 별만 보자고, 여기까지 와서 누웠건만.
어쩌자고 별 사이로 하늘을 가득 메운 별 사이로
담장 안에 숨어 피었던 복사꽃이 보이고,
진창을 건너가던 빨간 등불이 보이나.
별 사이로 하늘을 가득 메운 별 사이로 마지막엔
어쩌자고 철없이 여든을 넘긴 늙은이 하나 보이고,

오직 별만 보자고, 여기까지 와서 누웠건만.

고비로 가는 길

달리고 또 달려도 풍경은 바뀌지 않는다
말과 소가 떼를 지어 풀을 뜯고
양과 염소가 바둑돌처럼 섞여 언덕에 박혀 있다
간혹 길을 건너는 낙타들이 차를 막기도 하지만
멀리 구릉 뒤로는 검은 먹구름이 몰려다니며
금방 비를 몰아올 듯 협박한다

이정표도 마을도 나오지 않고 나무도 개울도 없다
모래와 돌과 성근 풀뿐이다
차도 기사도 너무 지쳐 차를 세워보는데
쉴 곳이라곤 차가 만드는 작은 그늘이 있을 뿐이다
그래도 동행한 몽고 화가들은 신바람이 난다
독한 보드카를 돌리며 청하지 않았는데도 서로 얼싸안고
유목민의 노래를 부르고 사이사이

아들딸이 가 있다는 한국 노래를 곁들인다
큰길에서 벗어나자 차는 가다 서다를 되풀이한다
내비도 핸드폰도 안 되니 차는 일단 달리고 보지만
막상 가보면 거기가 아니다

이곳도 옥토였던 때가 있었을까
귀 막고 입 다문 고집스런 왕녀가 십년을 다스리자
화가 난 조물주가 백년 큰 가뭄으로
돌과 모래의 땅으로 바꿔놓았다는

일껏 이곳 먼 땅까지 와서도 좁은 내 나라를 벗어나지 못하는
썰렁한 개그에는 웃는 사람이 없다
판잣집이 아파트로 바뀌고 자전거가 승용차로 바뀌었는데도
조금도 행복해지지 않았다는
귀에 못이 박이도록 들어온 넋두리로
차 안은 더 덥고 숨 막히고

이윽고 하늘에 하나둘 별이 보이면서
차는 타조처럼 힘이 세진다
내비보다도 핸드폰보다도 별자리에 더 익숙한
기사는 그제야 콧노래를 흥얼대고
아득히 먼 데서 게일의 불빛이 눈짓을 한다

확인하니 그곳은 한번 지나쳐 갔던 곳이다
목적지를 가까이 두고 몇시간을 헤맸다는
안내자의 어이없는 해명에 오히려 일행은 박수와 환호로
안도하고

이윽고 고비로 가는 길은 별과 하늘뿐이다

별이 보인다

광화문광장을 가득 메운 사람들 사이에
사막과 초원까지 가서 찾던 별이 보인다
종로 을지로 그리고 서울을 온통 뒤덮은
뜨거운 숨결과 숨결 속에 별이 보인다

술집을 메운 내 옛 친구들의 늙은 얼굴에
죽은 친구들, 멀리 간 친구들이 어른대는 술잔에
탄식과 눈물로 주고받는 술잔에
이것이 나라냐는 울분 속에 별이 보인다

새로운 세상을 꿈꾸는 어린 눈망울에
엄마와 아빠, 딸과 아들이 함께 부르는 노래 속에
서로 잡은 손과 손, 어깨와 어깨 사이에
지리산 소백산까지 가서 찾던 별이 보인다

너무 어두워 서울 하늘에서는 사라진
반짝반짝 빛나는 별이 보인다
눈비도 아랑곳없이 늦도록 흩어지지 않고
앞으로 나아가는 촛불들 사이에 별이 보인다

별을 찾아서

소백산 풍기로 별을 보러 간다

별과 별 사이에 숨은 별들을 찾아서
큰 별에 가려 빛을 잃은 별들을 찾아서
낮아서 들리지 않는 그들 얘기를 듣기 위해서

별과 별 사이에 숨은 사람들을 찾아서
평생을 터벅터벅 아무것도 찾지 못한 사람들을 찾아서
작아서 보이지 않는 그들 춤을 보기 위해서

멀리서 큰 별을 우러르기만 하는 별들을 찾아서
그래서 슬프지도 불행하지도 않은 별들을 찾아서
흐려서 보이지 않는 그들 웃음을 보기 위해서

사람과 사람 사이에 숨은 별들을 찾아서
사람들 사이에서 사람이 다 돼버린 별들을 찾아서
내 돌아가는 길에 동무 될 노래를 듣기 위해서

히말라야 라다크로 별을 보러 간다

다시 길로

길을 통하여 세상으로 나왔고
길을 통하여 사람들과 만났다
빛과 그림자를 보았고
눈물과 한숨을 익혔다
길을 통하여 빛보다 그늘이
더 빛난다는 것을 배웠고
사람들보다 더 많은 별들이
사람들 속에 숨어 있다는 것을 알았다
마침내 나는 길을 통하지 않고는
꽃도 보지 못하고
열매도 따지 못하게 되었지만

나는 내가 길에 갇혀버렸다고는
생각하지 않았다 다만

어느 날 나는 길 밖으로 나왔다
더 많은 세상으로 나왔고
더 많은 사람들과 만났다
더 많은 빛과 그림자를 보았고

더 많은 눈물과 한숨을 겪었다 그리고
별들보다도 더 많은 나무와 풀이
사람들 속에서 자라고 있다는 걸 알면서
세상도 사람들도 길이 되었다
별들도 나무와 풀도 길이 되었다

그런 다음
세상을 통해서 사람들을 통해서
사람들 속에 사는 별들을 통해서
나는 다시 길로
들어갔다

그리운 나의 신발들

오십 킬로도 채 안 되는 왜소한 체구를 싣고
꽤나 돌아다녔다, 나의 신발들.
낯선 곳 낯익은 곳, 자갈길 진흙길 가리지 않고
떠나기도 하고 돌아오기도 하면서.
무언가 새로운 일이 기다리고 있을 것 같아,
하면서도 그것들이 닳고 해지면 나는 주저 않고
쓰레기 봉지에 담아 내다 버렸다. 그 덕에
세상 사는 문리를 터득했다 고마워하면서.

이제 와서 내다 버린 그 신발들이 그리워지는 것은
세상 사는 문리를 터득한 것은 내가 아니고 그
신발들이라는 생각이 들어서다.
그 신발들에 실려 다니기 이전보다
지금 나는 세상이 온통 더 아득하기만 하니까.
그래서 폐기물 처리장을 찾아가 어정거리는 것인데,

생각해보니 나는 지금 내 헌 신발들과 함께
버려져 있는 것인지도 모르겠다.
세상 사는 문리를 터득하고자 나섰던 꿈과 더불어!

눈이 온다

그리운 것이 다 내리는 눈 속에 있다.
백양나무 숲이 있고 긴 오솔길이 있다.
활활 타는 장작 난로가 있고 젖은 네 장갑이 있다.
아름다운 것이 다 쌓이는 눈 속에 있다.
창이 넓은 카페가 있고 네 목소리가 있다.
기적 소리가 있고 바람 소리가 있다.

지상의 모든 상처가 쌓이는 눈 속에 있다.
풀과 나무가, 새와 짐승이 살아가며 만드는
아픈 상처가 눈 속에 있다.
우리가 주고받은 맹서와 다짐이 눈 속에 있다.
한숨과 눈물이 상처가 되어 눈 속에 있다.

그립고 아름답고 슬픈 눈이 온다.

눈 오는 날

1
완행열차를 타고 싶다
간이역에 내리면 온통 하얀 세상
국밥집은 손님들로 붐비고
낯익은 주모는 막걸리 한사발로 인사를 하겠지
텅 빈 모텔을 찾아 사나흘
멍하니 눈 덮인 산만 보다가 돌아와야지
간이역에서 완행열차를 타고

2
특급열차를 타고 싶다
대평원을 가로질러 달리고 싶다
통나무 난로 위에서는 말린 사슴 고기가 타고
밤이면 멀리 가까이 승냥이 우는 소리
낯선 얼굴 못 듣는 말소리지만
주고받는 미소와 따듯한 손길에 섞여
자작나무 숲을 뚫고 한 보름 내달리면
도착하는 곳 이 세상의 마지막 역

카페를 찾아 들어가 앉으면
내리는 눈은 이내 창틀까지 파묻고
어쩌면 다시는 고향에 돌아가지 못하리
나는 짐짓 슬퍼지겠지

　　3
완행열차를 타고 싶다
지구 끝까지 가서 다시는 돌아오지 않는
특급열차를 타고 싶다
이렇게 눈 오는 날

서설(瑞雪)

멀리 구름 속에 별들이 잠들어 있을 거야
눈발을 타고 지상으로 내려오는 꿈을 꾸겠지

이런 아침 잔칫집에선 송아지가 태어났어
백리 눈길을 달려 수의사가 왔고

아파트 마당에도 비탈길에도 눈은 내리고
아름다워지라고 깨끗해지라고 땅을 덮고

땅속에선 새싹들이 영차영차 몸을 풀 거야
땅을 뚫고 얼굴 내밀 봄날을 기다리면서

잔칫집 차일 위에 눈이 쌓이고
트럭 운전대엔 새색시의 겁먹은 커다란 눈망울

과일 가게 좌판에도 폐지 손수레에도 눈은 내려
잃지 말라며 꿈을 잃지 말라며 세상을 덮어

온 세상이 평화스러우라고 모두들 행복하라고

감나무에도 은사시나무에도 눈이 내리고

하얀 점묘

밤새 뒷숲이 눈바람으로 술렁이더니
새벽에 일어나보니 마을과 길이 제법 하얗다.
베란다에 나와 한참 눈 덮인 마을을 보고 섰다.

문득 하얀 눈 위에 검은 점 하나 찍힌다.
한줄 자국을 남기며 눈길을 올라온다.
수레 위 수북한 연탄을 반쯤 눈이 덮었다.

그것이 설경을 흩트리는 오점인가 싶더니
하얀 선을 그으며 올라와 검은 점 하나,
이윽고 설경의 중심이 된다.

하얀 세상의 전부가 된다.

큰 느티나무

그 느티나무는 아주 작아졌다.

비바람에 많은 가지가 꺾이고 군데군데 뿌리도 줄기도 썩어 문드러졌다.

동무해 지내던 수유나무며 은행나무는 베어진 지 오래다.

가을이면 붉노란 잎으로 덮어주던 초가지붕들은 이제 투박한 슬레이트로 바뀌었다.

애개, 이렇게 이 나무가 작았었나!

오래간만에 찾아오는 낯익은 얼굴들은 놀라지만

나한테 그 느티나무는 늘 크다.

꿈속에서만 크고 기억 속에서만 큰 것이 아니라 실제로 커서 늘

나를 덮고 마을을 덮고 끝내는 세상을 다 덮는다.

올가을에도 둔주(遁走)는

1
한때는 할애비 손자로 부르며 왕래도 잦았을 게다
아재비 조카라 칭하며 더러는 술잔도 주고받았겠지
조그만 일로 아옹다옹 다투기도 하고
시답잖은 일로 주먹다짐도 마다 않다가 마침내
남의 장단에 놀아나 총부리도 겨누었으나

이제는 모두 하얀 백골이 되어
노랗게 산국이 덮은 종중 무덤 속에 와 누워 있다
할애비 손자가 아재비 조카가 어울려
귀뚜리 소리도 함께 듣고 별도 함께 구경하면서

2
한데 난데없이 이번에는
철천지원수가 어찌 같은 땅에서 잠들 수 있겠느냐
죽어서나마 따로 살게 해야 한다 마주치지 않게 해야 한다
그 자손들의 자손들이 뒤엉켜
입에 게거품을 물고 싸우는 소리
다시 이어지는데

노랗게 산국이 덮은 종중 무덤 속에 와 누워
하얀 백골만 말이 없다

그대 있어 우리들 내일이 춥지 않고

김무봉 교수를 위하여

비탈길을 올라가면 강의실은 초라한 판자였다.
강의실 안은 물들인 군복을 입은 학생들로 만원이었고
십오분은 늦게 나타나는 교수는 목소리가 작았다.
밖에는 벚꽃이 지고 있었으나, 빨갛게 물들던 교정이
그대 있어 이제 싫지만은 않다.

내가 기숙하던 외가는 바로 학교 아래 동네였다.
학교를 내려와 내 방으로 가는 길은
거지와 지게꾼과 창녀들로 득시글거리고
나는 혼돈과 악취 속을 지나는 일이 두려웠지만
그대 있어 이제 그 아우성이 그립다.

세상은 온통 잿빛, 어데 한곳 밝은 데 없었다.
전쟁으로 허물어진 집들은 그냥 버려져 있고
팔다리를 잃은 젊은이들과 부모를 잃은 고아들도
마찬가지로 버려져 있었다.
거지와 창녀밖에 내놓을 것이 없는
세상에서 가장 가난한 나라, 그런데도
감시의 눈초리는 곳곳에 박혀 있어

50

마음대로 책을 읽을 수도, 말을 할 수도 없었으나
그대 있어 이제 그 아픔도 꿈으로 되살아난다.

신문은 매일처럼 횡령과 부정의 기사로 넘쳤다.
협박과 공갈과 속임수로 선거와 투표는 허사였고
툭하면 사람들은 잡혀가 갇히고 죽고 하였다.
내가 처음으로 행사한 한표는 도둑맞았지만
나는 그것을 말하기조차 두려웠다. 그러나
그대 있어 이제 그 부끄러움도 추억이 되었다.

세월이 갔다, 육십 그리고 또 몇해의 긴 세월이.
나는 판자가 아닌 그 강의실에서 강의를 하고
당당히 투표하고 배불리 먹고 자유롭게 말하고 글을 쓴다.
그럼에도 아직 막힌 곳, 춥고 어두운 곳, 잘못된 곳 너무
많아
내 학교가 싫고 이 땅이 밉다가도, 그러나
그대 있어 이제 내 꿈은 무한히 밝다.
그대 있어 우리들 내일이 춥지 않다.

한그루 백양나무를 위하여

빛이 나는, 몸짓에서 빛이 나는,
주위를 환하게 비추면서
내 갈 길을 샛별처럼 밝혀주는,
보이지 않는 것을 보게 하고
보지 못하던 것을 보게 하는,

향기를 내는, 말소리에서도 향기를 내는,
꽃보다도 더 짙은 향기를 뿜으면서
세상의 온갖 추한 것들마저
아름답게 바꿔놓는,
그 향기 앞에 속절없이 내가 취하는,

한모금 시원한 물 같은
숲과 들판을 부는 바람 같은 미소로,
흰곰자리 사자자리 별들과
소곤소곤 속삭이게 만들고
드디어 내 영혼과 맞서게 만드는 미소로,

빛을 내면서, 향기를 뿜으면서,

내가 모르고 있던
지상의 온갖 비밀의 문을 살그머니 열어주는
언덕의 저,
한그루 백양나무 같은.

멀리서도 가까이서도

멀리서 바라보는 산동네는 아름답다
언덕을 기어 올라간 집들은 당당하기 성곽 같고
집들을 반쯤 덮은 붉은 장미는 멀리까지 향기를 뿜는다
밤이면 창문마다 별들이 매달리겠지
새벽이면 기우뚱 마을 뒤로 초승달이 지고

골목에 나뒹구는 헌 옷가지가 낯익고
담 너머로 넘어오는 된장 냄새가 반갑다
음정이 맞지 않는 노랫소리가 정답다
개 짖는 사이사이 숨죽인 시비까지 귀에 익어

들어가 걸어보면 산동네는 더 아름답다
멀리서도 아름답고 가까이서도 아름답다

눈보라 치기 전에

눈보라 치기 전에 길 떠나야겠다
서른해 전 옛 노래 찾아 걷던 길 더듬어
노래 들려주던 사람 다 가고
하룻밤 묵던 집 헐려 없겠지만
나는 조금도 쓸쓸해하진 않을 게다
내가 버리고 온 것들 곳곳에 숨어 있다가
삐죽이 얼굴 내밀 테니
반가워하든 외면하든 상관 않고
나는 모두 주워 배낭에 넣어야지
평생에 내가 버려도 좋은 것은
아무것도 없다는 걸 새삼 생각하면서
눈보라 치기 전에 길 떠나야겠다
노래 대신 내가 버린 것들을 줍기 위해서

제 3 부

그리고 나는 행복하다

어린 시절 나는 일없이 길거리를 쏘다니기도 하고
강가에 나가 강물 위를 나는 물새들을 구경하기도 했다
그러면서 나는 얼마나 행복했던가
카사블랑카의 뒷골목을 어슬렁거리기도 하고
바이칼호의 새떼들 울음소리를 듣기도 했으니까

다 늙어 꿈이 이루어져
바이칼호에 가서 찬 호수에 손도 담가보고
사하라에 가서 모래 속에 발도 묻어보고
파리의 외진 카페에서 포도주에 취하기도 했다
그때도 나는 행복했다, 밤마다 꿈속에서는
친구네 퀴퀴한 주막집 뒷방에서 몰래 취하거나
아니면 도랑을 쳐 얼개미로 민물새우를 건지면서

창밖엔 눈발이 치고
모래바람 부는 사하라와 고추잠자리떼 빨간 동구 앞 길을
번갈아 오가면서, 지금 나는
병상에서 행복하다

들국화

　문병 온 벗이 들국화를 한아름 갖다 꽃병에 꽂았다.

　나는 꽃길을 걸어 강마을로 나간다. 빨간 고추잠자리떼가
나는 신작로를 지나고 시래기가 맷방석에 널려 마르고 있는
주막집 앞도 지난다. 요란스럽게 겨를 날리는 정미소도 지
나고 막 익어 고개를 숙이기 시작한 수수밭도 지난다. 걷고
또 걷다가 지치면 돌아와 침대에 눕는다. 간호사가 혈압을
재고 나가는 소리에 눈이 뜨인다.

　꽃길을 타고 강마을이 병실로 들어왔다. 내가 강마을 복
판에 누워 있다.

훨훨 새떼가

훨훨 새떼가 날아오른다
멀리 오리온자리까지 날고 싶었던
내 어린 시절의 꿈들이 날아오른다
어두운 구석방에서 쥐어보던 힘없는
우리들 젊은 날의 빈주먹이 날아오른다
바른 세상 만들겠다던 고른 세상 만들겠다던
우리들 철없던 날의 맹세를 비웃으면서
가마우지떼가 날아오른다 비오리떼가 날아오른다
끼룩끼룩 나를 놀리면서 자꾸만 놀리면서
모든 꿈이 저녁 하늘 노을보다도 헛되었다고
꼭두각시 춤이었다고 모두가 헛되다고 달래면서
훨훨 새떼가 날아오른다
함께 가자고 물병자리까지 함께 가자고
이제는 늙고 병들어 더욱 아무것도 할 수 없는
허수아비처럼 가벼워진 나를 등에 오르라며
함께 가자고 사자자리까지 함께 가자고
아직도 버리지 못한 내 미련이 가엾어
엉거주춤 땅에서 발을 못 떼는 나를 울면서
흰뺨검둥오리가 날아오른다 왜가리가 날아오른다

훨훨 새떼가 날아오른다

비대면 시대의 여행

여권도 항공권도 없는 여행을 떠날 거야
사자자리로 큰곰자리로 염소자리로
어쩌다 사람 사는 별에 이르기도 하겠지
예사롭게 거기 섞여 한 두어달 묵으면 좋지
둥그렇게 동산 위에 떠 있는 내 땅을 쳐다보며
조금은 뉘우치고 조금은 부끄러워해도
세상 살며 밴 땀과 때 빠져나가진 않겠지

고집과 심술 많이 풀려 풀잎처럼 순해지면
공작자리 전갈자리 두루미자리도 돌아야지
친지들한테 줄 선물도 하나씩 마련할 거야
작은 별똥별 하나에 꽃잎 하나씩 묻혀서
내 서른 마흔 그리고 여든을 오가면서
뉘우치면서 부끄러워하면서 다시 뉘우치면서
전갈자리 큰곰자리 물뱀자리를 오가면서

밤은 길고 길지만

큰부리새자리로 여행을 떠나야지.
울란바토르도 제주도도 갈 수 없는
비대면 시대의 밤.
별과 별 사이를 오가다가
사람 사는 별 만나면 거기 짐을 풀고.
작은 짐승이 되어, 하늘 높이 붙은
내 땅을 멀리 올려다보면서
나는 조금은 서러울 거야.
햇볕이 잘 드는 냇가를 찾아가
내 속 깊은 데 오래 갇혀 딱딱해진
내장들을 꺼내 빨래 널듯 널 거야,
고집과 편견 따위로 돌이 돼버린 지 오랜 것들.
그것들 나뭇잎처럼 가벼워지면
주섬주섬 챙겨 넣고, 별자리 지도
달랑 한장 들고 돌아와야지,
비대면 시대의 여행을 끝내고.
내 속의 것들 돌처럼 다시 굳겠지만.

꽃구경

노숙자들이 모이는 걸 막기 위한 출입 금지선이
아파트 앞 공터 벤치에서 밤사이 제거되었다.
그걸 아직 모르는지 모두들 안 나오고,

폐지 손수레를 밀고 가던 늙은 부부만
잠시 돌 틈에서 얼굴을 내미는 풀들을 보고 섰다.
머지않아 꽃도 피겠네,
부부의 여윈 얼굴에 반짝 미소가 스치지만 어둡다.
다시 밀고 가는 손수레는
아직 남은 추위와 역병의 잔해가 실려 무겁다.

장마당을 지나면서 늙은 부부는 더 어깨가 처진다.
가게들이 아직도 문을 못 여네,
이윽고 손수레에는 아들딸 걱정까지 실린다.
그애들이 이 봄을 어이 나려나,
가난한 거리에 드리운 역병의 그늘은 아직 짙어.
이때 핸드폰이 울리고, 손녀의 통통 튀는 목소리.

할머니, 올핸 우리 꽃구경 가자. 문득

손수레가 가벼워진다.

세상의 작은 꿈들이 실리면서, 작은 손들이 밀면서.

미세먼지 뿌연 날

퇴원해 귀가하는 차 안에서,
거실 창밖으로 산언덕을 바라보며,
핸드폰 속에서 울리는 손자들의 목소릴 들으며,
나는 행복했는데

한달을 지나 두달을 지나
텔레비전을 보고 신문을 읽으며
증오에 찬 구호를 들으며
귀에 익은 날 선 노래를 들으며
나는 우울해진다.

꿈속에서는 다시
전쟁으로 폐허가 된 고향 마을을 헤매고
아내와 함께 살던 산동네 비탈길을 헐떡이고
중풍을 앓는 아버지 기침 소리에 귀를 막는다.
지하실 벽을 긁는 손톱이 보이고
등 뒤로 육중한 철문이 닫힌다.

내가 이룬 일도, 내가 얻은 것도

돌아보면 빈 허공뿐이고
뿌연 안개뿐이지만

그래도 나는 행복하다고
정말 행복하다고
안개뿐이고 허공뿐이어도 행복하다고 되뇌며 걷는
둘레길 골목길에

매일처럼 뿌옇게 미세먼지가 끼고.
내 지나온 나날들 같은 뿌연 미세먼지가 끼고.

병중(病中)

아버지와는 일부러 눈길을 피한다.
세상에서 하고 다닌 일이 부끄러워서. 대신
마냥 반가워만 하는 어머니를 붙잡고.
궁금해할 이승 소식을 주절주절 전하면서.

언덕 위 텃밭은 화훼 단지가 되고
큰 산지기 딸이 장터에 약방을 냈다는.

이윽고 날이 어둡고 저승 하늘에도
환하고 둥근 달이 뜬다.
달 너머로 어리는 아득한 이승
내 눈엔 잠깐 눈물이 맺히지만

할아버지, 하고 손녀딸이 부르는 소리
멀리 그 소리 들려 눈을 뜨면
창밖에 환하고 둥근 달이 떠 있다.

허공

해 지고 날 어두워지니 길이 보인다
밝은 대낮에는 보이지 않던 길이 보인다
잡초만 어지럽게 자라고
잡초 속에 풀벌레가 숨죽인 길이 보인다

달과 별이 없어 더 아름다운 길이 보인다
잡초도 풀벌레도 잠들어 더 아름다운 길이 보인다

머지않아 내 그림자만 길게 드리울
마침내 그것마저 사라지고 없을
내가 휘적휘적 걸어갈 허공이 보인다

눈부신 햇살 아래서는 보이지 않던
허공이 보인다

봄

세상의 모든 소리들이 다
귀를 통해 들어오는 것만은 아니다
개중에는 집요하게 살갗을 파고들어
동맥을 타고 온몸으로 퍼지는 것이 있다
구석구석 그 소리가 닿을 적마다
우리들의 몸은 전율하고 절규하다가
드디어는 그것을 따라
통째로 밖으로 빠져나온다
한순간 높이 하늘로 치솟았다가
폭죽처럼 터져 지상으로 쏟아져

새파란 풀밭에
조각조각 꽃이 되어 흩어진다

해가 내려다보며 환하게 웃고 있다

올해의 꽃구경

산으로 들로 꽃구경을 간다
공원으로 고궁으로 꽃을 보러 간다
가슴 가득 꽃향기를 담으러 간다
장마당으로 전철역으로 꽃구경을 간다
사람들 사이에 핀 꽃을 보러 간다
사람과 사람 사이에 핀 꽃에 취해서
아예 꽃이 된 사람들을 보러 간다
꽃향기보다 진한 땀 냄새를 맡으러 간다
사람들 사이에 잉잉대는 꿀벌을 보러 간다
꿀벌과 나비의 얘기를 들으러 간다
병실을 나오니 세상이 온통 꽃 천지여서

산으로 들로 꽃구경을 간다
사람들 사이로 꽃구경을 간다

둔주(遁走)

1

강을 하나 건너면서 어깨에 진 것 벗어놓고
산 하나 넘어서면서 손에 든 것 버리고
이제 나는 빈손, 가볍게 손을 털다가
깨어나니 간호사가 주사액을 갈고 있다

다시 길을 떠나면서 주머니 속 물건들 내던지고
입었던 옷가지도 벗어 던지고 그제야
아아 나는 얼마나 자유로운가

다시 눈을 뜨니
복도를 지나가는 어수선한 발자국들
꿈에, 문득 생시에 나는 돌아본다
아무것도 지니지 않은 가벼운 내 몸.

2

퇴원해 돌아오니
베란다에 활짝 난이 피어 있다
나는 은행으로 돈을 찾으러 가고

손자를 데리고 장어를 먹으러 간다
능으로 산책을 가고
전철을 타고 멀리 영화를 보러 간다

다시 병원 갈 날을 두려워하면서.
아무것도 달라진 것이 없는
내 초라한 손을 펴보면서.

시작 노트

대장암 진단을 받았을 때 나는 쉽게 이제 내가 가진 것을 다 버릴
때가 되었다고 생각했다. 하지만 일단 치료를 받고 병원을 나오면
서 나는 전과 똑같은 생활을 계속한다. 생각해보니 내 한평생은 끊
임없는 둔주였다.

동행
기쓰키 성하(城下) 마을에서

예스럽고 정다운 골목을 걷다가
작은 간판의 카페를 찾아 들어서니,
카운터를 지키고 앉아 있는 주인이
내 오랜 제주도 친구와 닮았다.

서투른 말을 가지고 잠시 수작을 하다가

바다를 격해
다른 말과 풍습을 가지고 살면서도
생각하고 느끼는 것이 크게
다르지 않다는 것을 알면서
잠시 안도한다.

이마에 팬 깊은 주름과
앙상하게 마른 손을 가졌는데도
웃음이 맑다.

그가 살아오면서 겪은 고통과 아픔이
내 늙은 제주도 친구와 별반 다르지 않으리.

74

카페를 나오니 예스러운 건물 지붕에
오후의 햇살이 설핏하고
나는 오랜 동행과 헤어지기라도 하는 듯 서운하다.

룩소르[*]의 달

룩소르에서는 모든 것이 신이다.

조잡한 기념품을 내밀고 하얀 이를 드러내며 원 달러를 외는 검은 입술의 소년이 신이고, 느슨하게 총을 늘어뜨리고 그늘에 앉아 웃고 있는 관광 경찰이 신이다. 마차를 모는 허리가 굽은 늙은이가 신이고, 신전을 어슬렁거리는 토실토실 살이 오른 주인 없는 개들이 신이다.

한식당 김가네에서 된장국과 김치찌개를 날렵한 몸짓으로 나르는 소녀들의 맨발이 신이고, 이 땅을 지배하던 나라에서 온 관광객들의 금빛 머리칼이 신이다. 미로의 뒷골목에 들어섰다가 길을 잃고 한시간을 헤맨 우리들의 뽀얗게 먼지 앉은 신발이 신이고, 거리와 골목을 메운 새카맣게 헐벗은 사람들의 반짝이는 눈동자가 신이다. 반쯤 떨어져 나간 채 벽에 붙어 자비롭게 웃고 있는 무바라크^{**}가 신이고, 아버지를 호위하고 있는 그 아들이 신이다. 마침내

오벨리스크 위로 높이 뜨는 달이 신이고
둥그런 하늘에 듬성듬성 박힌 별들이 신이다.

여우와 하룻밤을

저녁노을이 무늬를 이룬 하늘을 배경으로 하얀 바위들이 검은 얼굴을 하고 서 있다. 스핑크스를 닮았다. 하나같이 멤논 거상*들이다. 파라오의 위용이 대단하다.

하얀 백사막이 빨갛게 물들고 있다.

우리를 싣고 온 차들이 뺑 둘러 바람막이를 만들었다. 서서히 어둠이 사막을 덮는다. 별이 발아래서 뜬다. 바람막이 안으로 피워진 모닥불이 불꽃을 뿜는다.

지글지글 양고기가 익는다.

동행한 원주민들이 북을 두드린다. 길고 굴절이 심한 노래가 섞인다. 알라신 앞에서 인간은 무한히 작다. 어깨를 숙였다가 드니 어둠 속에서 반짝 빛나는 것들이 있다. 고기 냄새를 맡고 모여든 여우들의 눈이다. 쫓아도

작은 몸집들이 잠깐만 피했다가 되돌아온다.

이윽고 멤논 거상과 스핑크스 아래 여우가 모여 앉았다. 우리는 바람막이 안에 고기 냄새를 맡으며 모여 앉아 있다. 여우는 상형문자 모양으로 우리를 에워싸고

우리는 한자 모양으로 버티면서 밤이 깊어간다.

그믐달이 하늘에 걸렸다. 둥그런 사막 등허리에 별들이
턱을 괴고 있다. 우리들이 노래를 하니 여우들도 노래를 한
다. 우리는 우리말이고 여우는 여우 말이다. 어우러지니 이
번에는 셰에라자드**의 가락이 된다. 백사막에서 보내는 여
우와의 하룻밤, 이윽고
별들이 먼저 모래를 털며 일어선다.

* 이집트 룩소르 서안에 있는 거대한 규암석 좌상.
** 림스키코르사코프의 교향 조곡으로, 그 배경이 바그다드이다.

제 4 부

그날, 아아 그날

이 땅에서 모든 빛이 사라졌다
모든 꿈이 사라졌다
몇백명 아름다운 생명들이 바닷속에 갇히던 날
이 땅의 모든 어른들의 잘못으로
깊고 차디찬 물속에 갇혀
안타깝게 어머니를 부르던 날
하늘도 울고 땅도 울고 바다도 울던 날

우리가 살아온 세상이
이토록 추악했던가
우리가 살고 있는 세상이 이토록 허망했던가
이제 다시는 해도 달도 별도 뜨지 않으리
꽃도 피지 않으리 새도 울지 않으리
그날, 아아 그날
이 땅에서 모든 아름다운 것들이 사라지던 날

어언 한돌 이 땅에서
빛과 꿈이 사라지고 한돌
아직도 이 땅은 너희의 흐느낌

우리들의 통곡만 가득하지만
보아라 저기 붉게 밝아오는 동녘을
추하고 썩고 너절한 것들을 단숨에 몰아내면서

너희의 눈망울이 이 세상의 새로운 해로 타오르리
너희의 속삭임이 하늘 높이 빛나는 별이 되리
이 땅에서 빛도 꿈도 아름다운 것도
착한 것도 좋은 것도 다 사라졌지만
그날, 아아 그날

언제까지고 우리는 너희를 멀리 보낼 수가 없다

아무도 우리는 너희 맑고 밝은 영혼들이
춥고 어두운 물속에 갇혀 있다고는 생각지 않는다
밤마다 별들이 우릴 찾아와 속삭이지 않느냐
몰랐더냐고 진실로 몰랐더냐고
우리가 살아온 세상이 이토록 허술했다는 걸
우리가 만들어온 세상이 이렇게 바르지 못했다는 걸
우리가 꿈꾸어온 세상이 이토록 거짓으로 차 있었다는 걸
밤마다 바람이 창문을 찾아와 말하지 않더냐
슬퍼만 하지 말라고
눈물과 통곡도 힘이 되게 하라고

올해도 사월은 다시 오고
아름다운 너희 눈물로 꽃이 핀다
너희 재잘거림을 흉내 내어 새들도 지저귄다
아무도 우리는 너희가 우리 곁을 떠나
아주 먼 나라로 갔다고는 생각지 않는다
바로 우리 곁에 우리와 함께 있으면서
뜨거운 열망으로 비는 것을 어찌 모르랴
우리가 살아갈 세상을 보다 알차게

우리가 만들어갈 세상을 보다 바르게
우리가 꿈꾸어갈 세상을 보다 참되게

언제나 우리 곁에 있을 아름다운 영혼들아
별처럼 우리를 이끌어줄 참된 친구들아
추위와 통곡을 이겨내고 다시 꽃이 피게 한
진정으로 이 땅의 큰 사랑아

제주, 이 나라에서 가장 아름다운 꿈이여

늘 바람은 먼저
이 멀고 외진 섬부터 휩쓸고
어둠도 죽음도 늘 이 섬부터 불어와,
툭하면 가로수가 꺾이고
지붕이 날아가고 사람들이 쓰러지지만,
그래서 오름에 분화구에 억새밭에
깊고 굵은 상처가 패지만.

이 나라의 재앙을 막는 것은 우리들,
어둠과 죽음을 앞장서 막고 있는 것도
우리들의 이 외진 섬.
나라에 변란이라도 일면 다시
총을 메기도 하고
횃불을 들기도 하면서.

그러는 사이 우리들의 이 섬은
이 나라에서 가장 억센 땅이 되었으니,
가장 젊은 힘이 되었으니,
이 나라를 온통 작은 품에 껴안는

작으면서도 가장 넓은 가슴이 되었으니,
보라, 온 섬에 깔린 이 활기와 푸름을.

"이어도 사나 이어도 사나"
어떤 거센 비바람도 이겨내는
잠녀들의 물질과
"어려려려 요 소 말들아"
어떤 고됨도 아픔도 이겨내는
어멍들의 밭갈이와
하르방들의 피와 땀이 온통 하나가 되어,

마침내 이 섬은 이 나라에서
가장 깊은 뿌리가 되었으니,
가장 아름다운 꿈이 되었으니.
늘 비바람은 이 외진 섬부터 쳐들어와
툭하면 나무가 뽑히고 방파제가 무너지지만,
이 나라의 온갖 기쁨과 슬픔을
작으면서도 넓은 이 가슴에 안으면서.

송(頌) 중앙탑*

강과 산과 들의 푸른 기운을 한 몸에 모아
땅속 저 깊은 곳의 뜨거운 숨결까지 끌어모아
저 높은 곳 하늘로 쉼 없이 올리고

해와 달과 별의 노래들을 몸으로 받아
넓은 하늘에 수없이 흩어져 있는
아름다운 꿈들을 손으로 따서

이 땅 위에 흩뿌리기 위하여
이 땅속에 깊이깊이 심기 위하여

반도 한복판을 가르며 흐르는 물길을 굽어보며
기름진 들판을 어루만지며
산과 동무해 나 여기 서 있다

이 땅에 사는 사람들의 바람을 한데 모아
산짐승 들짐승의 웃음과 울음을 한데 모아
나무와 풀, 바위며 돌과 흙의 숨결까지 한데 모아

비와 눈과 바람의 기운까지 끌어모아
천둥과 번개의 힘까지 끌어모아

높고 넓은 하늘에 꿈으로 열매 맺기 위하여
땅에 널리 퍼져 노래가 되게 하기 위하여
서로 얼싸안고 뛰노는 춤이 되게 하기 위하여

* 충주 탑평리 칠층석탑. 한반도 정중앙에 위치해서 '중앙탑'이라고
  도 부른다.

우리는 지금

우리는 지금
젊고 늠름한 나무다
팔을 뻗으면
손끝에 와 닿는
새파란 하늘 하얀 구름

푸른 핏줄을 타고 들어와
우리 몸속에서
아름다운 열매로 맺히리
해와 달과 별도

뻗자 우리들 뿌리를
땅속 깊이
흙과 바위를 뚫고
차고 맑은 물을 찾아서

핏줄을 타고 올라와
해와 달과 별과
열매 속에서 하나 되어

꿈으로 익으리

보아라
우람한 이 몸통을
눈부신 이 잎새를
부드러운 이 가지를
달고 향기로운
이 열매를

우리는 지금
크고 아름다운 나무다
고개 숙이면
눈 아래로 새파란 풀밭
멀리 뻗어나간
가없는 벌판

씨앗처럼 나무처럼 열매처럼

씨앗처럼 우리는 곳곳에서 왔다
어떤 이는 배를 타고 오고
어떤 이는 기차를 타고 왔다
버스를 타고 온 이도 있고
먼먼 길을 걸어서 온 이도 있다

서로 모양도 다르고 빛깔도 달랐지만
이곳 동산에 모여
같이 얼굴을 맞대고
나무처럼 푸른 꿈을 키우고
하늘을 향해 힘껏 팔을 뻗었다
서로 닮아가면서
온몸에 빛나는 잎을 다는 법을 배우고
탐스러운 과일로 몸을 장식하는 힘도 익혔다

햇살이 찬란히 빛나는 어느 봄날
제법 익었다고 알았을 때
마침내 우리는 다투어 달려 나갔다
어떤 이는 바다를 건너고 어떤 이는

대륙을 가로질렀다
옛날에 왔던 길을 되짚어
그리운 고장으로 돌아간 이도 있다
낯선 고장을 찾아가
새로운 꿈을 심은 이도 있다

여름이 오고 다시 겨울이 가고
이렇게 세월은 흐르는 동안 우리는
땅에 튼튼히 뿌리박은 고목이 되었다
철따라 꽃과 잎과 열매를 자랑하기도 하고
추운 겨울날 눈비를 맞받아 이겨내면서
꿈 많은 아이들을 별나라로 이끌고
지친 이웃을 위하여
그늘이 되어주었다
봄이 오고 다시 가을이 가고

이제 우리들 모두 여기
나무처럼 서 있다
빨간 열매로 열린 우리들의 삶

되돌아보면서
씨앗으로 모였던 옛날을 그리면서
씨앗처럼 나무처럼 열매처럼

당신의 목소리가 들린다

죽산(竹山) 선생 서거 오십년을 맞아

당신의 목소리가 들린다
서로 귀를 열자는.
당신의 목소리가 들린다
활짝 마음을 열자는.
생각이 다르고 말이 다른 사람들이
귀를 열고 마음을 열 때
세상은 아름다워진다고.

당신의 목소리가 들린다
이웃과 더불어 행복하자는.
당신의 목소리가 들린다
기쁨도 이웃과 함께하자는.
가진 것이 다르고
누리는 것이 다른 이웃들이
눈을 마주 보며 웃을 때
나라가 빛나는 나라가 된다고.

아름다운 세상 빛나는 나라를
어둠과 죽음으로 덮는 사람들에 의해

당신이 가신 지 반백년,
당신의 목소리가 들린다
이제 그들과도 길동무가 되자는.
말을 나누고 아픔과 슬픔을 나누자고.

푸르고 평화로운 땅을 위하여,
따듯하고 싱그러운 나라를 위하여.
산과 강, 돌과 바위가
풋풋하게 살아 있는 땅을 위하여.
짐승이며 새며 벌레까지
사랑과 기쁨으로 넘치는 나라를 위하여.

다시 당신의 목소리가 들린다
귀를 열고 마음을 열고
말을 나누고 뜻을 나누자는.
이 땅은 우리만 살다 갈 땅이 아니다
이 나라는 우리만 살다 갈 나라가 아니다.

내 손자의 손자

그 손자의 손자가 우리끼리만이 아니고
이웃 나라와도 어우러져 오순도순
천년을 만년을 이어서 살
푸르고 평화로운 땅을 위하여,
따뜻하고 싱그러운 나라를 위하여.

수달은 달리고 싶다

휴전선을 넘어서
철조망을 뚫고서
수달은 달리고 싶다
햇살이 환한 세상을 향하여
잘린 길을 이으며
막힌 물을 뚫으며
수달은 달리고 싶다
꽃들이 만발한 마을을 향하여

수달은 달리고 싶다
손에 손을 잡은 사람들과 더불어
사람들, 사람들의 따듯한 입김 속을
휴전선을 넘어서
철조망을 뚫고서
쌓인 벽을 허물고
파인 골짝을 기어서

달리고 싶다 우리도
수달과 더불어

강을 따라 길을 따라
사람과 사람 사이에 다리를 놓으며
강을 만들며 길을 만들며
꽃을 뿌리며 평화를 깔며
노래와 함께 갈채와 함께
어깨동무를 하고
수달과 함께

원무(圓舞)

머리에 띠를 두른 동학군들이 보인다.

대한독립 만세를 외치던 치마저고리의 여학생들도 보인다.

부정선거 다시 하라, 저것은 학생들의 데모대다.

군사독재 반대를 외치던 광주의 함성도 들린다.

넥타이를 맨 중년들의 행진도 따른다.

모두들 손에 촛불을 들었다.

이게 나라냐, 이게 나라냐.

백년이 가도 세상은 달라진 게 없는가.

납작한 초가지붕은 높은 빌딩으로 바뀌고

먹을 것 입을 것으로 천지인 거리엔 차가 넘치는데도

힘 있는 자는 속이고 빼앗고 힘없는 자는 속고 빼앗기고

다시 백년이 가도 달라질 게 없다는 건가.

그러나, 아니다.

우리는 안다, 세상은 달라져

이제 우리가 힘을 가졌다는 것을.

땀과 피와 싸움으로 얻은 힘이 우리에게 있다는 것을.

다시는 빼앗기지 않을 힘을 가졌다는 것을.

이게 나라냐라는 한탄 속에 밴 나라 사랑도 힘이 되고 있
다는 것을.

이제, 우리 손에는 낫 대신 몽둥이 대신 촛불이 들렸다.

쇠파이프 대신 짱돌 대신 촛불이 들렸다.

우우 달려가고 우우 쫓겨 가는 대신 손에 손을 잡고

내일의 꿈을 노래하며 앞으로 나아간다.

동학년과 기미년이 사일구와 오일팔이 그리고 유월혁
명이

온통 손을 잡았구나.

세월호로 아들을 잃은 엄마들과 함께 딸을 잃은 아빠들과
함께

둥글게 둥글게 춤을 추며 앞으로 나아간다.

함께 데모를 하리라 생각도 않았던

손녀와 손을 잡고 손자와 어깨를 겯고.

보다 깨끗한 새 나라를 향해서

보다 아름다운 새 세상을 향해서

손에 손에 촛불을 들고
둥글게 둥글게 춤을 추며 앞으로 나아간다.
우리들이 살 밝고 아름다운 새 나라를 향해서
우리들 자손들이 살 고르고 바른 새 세상을 향해서.
촛불로 하늘과 땅을 환하게 밝히며.
촛불로 도시와 농촌 어촌을 환하게 밝히며.

가장 낮은 자리에서 우리 모두
하나가 되어서

오체투지 2차 연도 순례에 부쳐

우리가 나서 자란 땅에 두 무릎을 꿇고
두 팔굽을 붙이고 이마를 맞추면
우리는 이 세상에서 가장 낮은 것

하늘을 우러러
산과 바위와 나무와 풀을 우러러
내가 흙이 되고 땅이 되고
땅속의 하찮은 미물이 되어서

천지에서 가장 낮은 것이 되어서
낮은 걸음으로 걸으며 다시
무릎과 팔굽과 이마를 땅에 깊이 붙이며

우리가 염원하는 것은
오로지 이 땅에서 대립과 갈등이 없어지는 것
손과 손이 서로 굳게 얽히는 것
숨결과 숨결이 따뜻하게 섞이는 것

사람과 사람, 생명과 생명이

오직 하나의 염원으로

서로를 모독하는 말도
서로를 상처 내는 폭력도
사람을 죽이고 우리가 쌓은
문명을 파괴하는 온갖 무기도
무릎과 팔굽과 이마처럼 땅에 붙여
흙이 되게 하면서

이 땅을 평화의 땅으로
이 땅을 사랑의 땅으로
이 땅을 희망과 생명의 땅으로

부드럽고 포근한 땅에 다시
무릎을 꿇고 팔굽과 이마를 붙이고

가진 사람 못 가진 사람 모두 하나가 되어서
높은 사람 낮은 사람 모두 하나가 되어서
남쪽 북쪽 모두 하나가 되어서

지리산에서 계룡산까지
계룡산에서 다시 묘향산까지
한라산에서 백두산까지

내 고장을 푸르게, 이 나라를 아름답게, 온 세상을 즐겁게

내 고장을 푸르게, 이 나라를 푸르게, 온 세상을 푸르게.
우리들 멈추지 않는다 이 꿈을 향한 발걸음을.
내 고장을 아름답게, 이 나라를 아름답게, 온 세상을 아름답게.
우리들 두려워하지 않는다 이를 위해선 어떠한 어려움도.

우리가 이룩한 성과를 우리는 알지만,
선배들이 흘린 피와 땀의 값을 알지만,
가장 가난하고 불우한 나라에서
이제 세상에서 가장 부러워하는 나라가 되기까지
우리가 걸어온 길은 고되고 험했지만.

우리들 그냥 머물러 있을 수 없다 이 자리에.
아직도 내 고장에 헐벗고 배고픈 사람 있으니,
아직도 이 나라에 억울하고 병든 사람 있으니,
세상에서는 서로 죽이고 죽는 싸움도 그치지 않으니.

내 고장을 평화롭게, 이 나라를 평화롭게, 온 세상을 평화롭게.

우리들 멈추지 않는다 이날이 오기까지 우리의 싸움을.
내 고장을 정의롭게, 이 나라를 정의롭게, 온 세상을 정의
롭게.
우리들 뚫고 나간다 억센 철조망도 단단한 성벽도.

내 고장이 푸르러야 이 나라가 푸르고
이 나라가 푸르러야 온 세상이 푸르다.
내 고장이 아름다워야 이 나라가 아름답고
이 나라가 아름다워야 온 세상이 아름답다.

내 고장을 즐겁게, 이 나라를 즐겁게, 온 세상을 즐겁게.
숨 가쁘게 달려간다 우리들 이 꿈을 이루기 위하여.
내 고장을 행복하게, 이 나라를 행복하게, 온 세상을 행복
하게.
밤낮을 쉬지 않는다 우리들 이 꿈을 이루기 위하여.
물과 불이 막아서고 돌팔매질 아우성이 난무해도
우리들 두려워하지 않는다 머뭇대지 않는다 잠시도.

내 고장을 푸르게, 이 나라를 아름답게, 온 세상을 즐겁게.

낯선 삶 속에서 우리들 귀는 깊어지고
한인회 신문 창간호에 부쳐

낯선 말 속으로 헤집고 들어가면서
우리들 귀는 밝아지고
낯선 삶 속에 함께 어우러지면서
우리들 눈은 넓어지고
낯선 몸과 부딪치고 서로 끌어안으면서
우리들 체온은 따듯해지고

바다 건너 서로 이웃해 살면서
한때 끝없이 미워도 하고
또 한때 티격태격 싸움질도 있었지만
안으로 들어가보면 다 같은
겁 많고 사연 많은 이웃들
기쁨도 함께하고 아픔도 함께하면서

이웃들 귀도 밝아지고
낯선 말 낯선 삶에 익숙해지면서
그들 눈도 넓어지고
서로 손을 잡고 어깨를 안으면서
그들 체온도 따듯해지고

서로 자랑도 하고 추한 곳도 보이면서

내 고장에서 펼칠 꿈을 바다를 건너와
낯선 이웃 땅에서 펼치는 것은 즐거운 일이다
우리의 기쁨이 이웃 나라 사람들의
기쁨도 되는 것은 행복한 일이다
이렇게 해서 비로소 만들어지는 것이리
살기 좋은 세상 평화로운 세상은

두 문화가 서로 어우러지면서
서로 다른 문화가 하나로 새롭게 커지면서
내가 낯선 나라에서 이루는 이 꿈은
이 땅의 것이다 또 내 고국의 것이다
낯선 말 속에서 우리들 눈은 밝아지고
낯선 삶 속에서 우리들 귀는 깊어지고

당신의 부활, 그 찬란한 부활
전 대통령 노무현 님 영전에

당신은 부활하고 있습니다
거리와 골목과 광장을 뒤덮은 흐느낌을 타고
당신의 눈이 되살아나고 꿈이 되살아납니다
말이 되살아나고 노래가 되살아납니다

당신의 아픔을 우리는 안다고 말하지 못합니다
당신의 외로움 당신의 괴로움을 안다고 말하지 못합니다
아무도 원망하지 말자고 아무도 미워하지 말자고
그 말의 참뜻을 우리는 안다고 말하지 못합니다 하지만
그 말들을 타고 당신은 부활하고 있습니다

아름다운 나라를 만들자던 그 뜻이 살아나고
살기 편한 세상을 만들자던 그 꿈이 살아납니다
백만 천만의 울음을 타고 발 구르며 우는
통곡을 타고 당신은 부활하고 있습니다

당신을 향하여 날아들던 그 예리한 칼날들을
당신을 향하여 퍼붓던 그 저주의 말들을
다 잊으라는 그 말씀의 깊은 뜻도 우리는 알지 못합니다

그러나 압니다 그 칼날 그 말들을 안고
거꾸로 당신이 되살아난다는 것을
온 나라를 새로운 활기로
가득 채우면서 당신은 부활하고 있습니다

아름다운 나라 살기 좋은 세상
당신의 꿈은 이루어집니다
거리를 메운 사람들의 눈 속에서 되살아나면서
주고받는 말 속에서 되살아나면서
서로 굳게 쥔 주먹 속에서 되살아나면서

당신은 부활하고 있습니다
모든 것을 안고 저세상으로 가는 대신
모든 책임을 떠안고 저세상으로 가는 대신
십자가를 지고 손에 박힌 못을 어루만지며
지금 우리 앞에 부활하고 있습니다
육천만 당신을 사랑하는 사람들
육천만 당신이 사랑하는 사람들과 더불어
힘차게 부활하고 있습니다

한줌의 재로 돌아가면서도
아름다운 나라 살기 좋은 세상을 만드는
당신의 부활, 아 찬란한 부활!

당신이 꿈꾸던 나라, 당신이 죽어서도 꿈꾸던 나라로

몽양(夢陽) 선생 서거 일흔해에 바치는 시

이제 이 땅에 봄이 왔습니다
당신과 함께 떠났던 봄이 촛불을 타고 왔습니다
장미와 함께 모란과 함께 왔습니다
오랜 세월 이 땅을 무겁게 짓누르던 먹구름이 걷히고
산과 들판, 강과 마을이 햇살로 빛납니다

당신이 떠나고 어언 칠십년
한때 이 땅은 형제들끼리 서로 죽인 시신으로
산과 강이 뒤덮이기도 했습니다
나라는 두동강 난 채 그 갈라진 땅에서 사람들은
굶주림과 헐벗음에 허덕였습니다
우리가 당신의 뜻을 잊은 세월

그 틈을 비집고 들어온 탐욕의 무리들이
군홧발로 형제들의 목을 짓눌러
우리는 세상에서 가장 부끄러운 나라로
가장 바르지 못한 나라로 영원히 남는 듯했습니다
우리가 당신의 말을 잊은 세월

그러나 우리는 열심히 배웠습니다
열심히 일했습니다 피와 땀으로
당신의 뜻이 서서히 살아나면서
당신의 말이 서서히 밝아오면서
그리하여 비록 갈라진 반쪽 땅에서나마

가장 가난한 나라에서 가장 잘사는 나라로
부끄러운 나라에서 자랑스런 나라로 되었습니다
우리의 힘으로 우리 위에 드리운
군홧발과 총칼을 몰아내면서는
이 땅엔 영원히 겨울이 오지 않으리라 믿었건만

나라와 땅이 갈라져 있는데 어찌 눈바람이 자겠습니까
한쪽에서는 끊임없이 전쟁놀음을 하고
또다른 쪽에서는 단숨에 온 세상을 날려버릴
위험한 폭탄을 만드느라 광분하고
그것을 구실로 또 겨울은 닥치고……

이제 이 땅에 다시 봄이 왔습니다

당신의 뜻 당신의 말을
끝내는 잊지 않은 이 땅에 촛불을 타고
장미와 함께 모란과 함께 봄이 왔습니다
이제 우리 다시는 이 봄을 빼앗기지 않으렵니다

그리하여 이 땅이 당신이 뜻하던 나라
당신이 바라던 나라가 되게 하렵니다
당신이 죽어서도 떠나지 못한 땅을
당신이 꿈꾸던 당신이 죽어서도 버리지 못한
아름답고 평화로운 나라로 만들렵니다

한결같은 시인, 한결같은 시

도종환

1

시인은 발견하는 사람이다. 늘 보던 것에서 새로운 것을 찾아내는 이다. 늘 다니던 길에서 안 보이던 것을 발견해내는 이다. 남이 보지 못하는 것을 보는 사람이다. 눈에 보이는 것 이상을 보는 사람이다. 시는 그것들과 만나는 것이다. 미미한 것, 숨어 있던 것, 드러나지 않던 것, 하찮은 것들과 만나는 것이다. 사물도 그렇고 사람도 그렇다. 만나서 그것들을 일으켜 세우는 것이다. 존재를 드러나게 하는 것이다. 이 세상에 존재하는 모든 것은 존재 자체로 의미 있다는 걸 알게 하는 것이다. 평범한 것 속에서 평범하지 않은 어떤 것을 발견하는 일, 그게 시인이 하는 중요한 일 중의 하나다.

우리가 접하는 사물 안에 숨어 있는 깊은 이치를 만나 온

전한 지(知)에 이르는 것을 격물치지(格物致知)라 한다. 격물(格物)은 사물을 가까이하고 아끼고 사랑하는 동안 사물이 지닌 궁극에 이르는 일인데, 시인이 하는 일도 크게 다르지 않다. 치지(致知)란 사물의 도리를 깨달아 알게 되는 것, 온전한 지(知)에 이르는 것을 일컫는데 그것도 마찬가지다. 책상에 앉아 책만 읽어서 알게 되는 게 아니다. 길을 떠나야 한다. 길을 떠나서 사물과 사람과 세상 속으로 들어가서 그것들과 섞이고 부대끼고 부딪치면서 하나씩 알아가게 된다.

신경림 시인도 "시 쓰기 역시 무엇인가 새로운 것을 찾아다니는 행위"라고 하면서 "남이 알지 못하는 것, 남이 보지 못하는 것, 남이 만지지 못하는 것을 알고 보고 만지기 위해 찾아다니는 일, 그것이 바로 시 쓰기"(산문「나는 왜 시를 쓰는가」, 『낙타』, 창비 2008)라고 말한 바 있다.

꽃 뒤에 숨어 보이지 않던 꽃이 보인다.
길에 가려 보이지 않던 길이 보인다.

나무와 산과 마을이 서서히 지워지면서
새로 드러나는 모양들.
눈이 부시다,
어두워오는 해 질 녘.

노래가 들린다, 큰 노래에 묻혀 들리지 않던.

사람에 가려 보이지 않던 사람이 보인다.

　　　　　　　　　　　　　　　　　　　　—「해 질 녘」 전문

　시인의 시선은 늘 이런 곳에 가 있다. "꽃 뒤에 숨어 보이
지 않던 꽃"을 본다. "길에 가려 보이지 않던 길"을 본다. 환
한 대낮에 그걸 본 게 아니다. "나무와 산과 마을이 서서히
지워지"는 시간에 꽃을 보고, 길을 본다. 해 질 녘이면 어두
워지는 시간이라 보이던 것도 보이지 않게 마련이다. 그 시
간에 보이지 않던 게 보인다는 건 모순된 말이다. 그러나 이
건 시적 역설이다. 사물을 오래 지켜본 사람만이 할 수 있는
말이다.

　해 질 녘은 아직 완전히 어두워진 시간이 아니다. 어둠이
오기 전까지 오래오래 지켜보았기 때문에 숨어 있던 꽃을
보게 되는 것이다. 끝까지 포기하지 않고 지켜보면 눈부신
순간을 만나게 된다. 그래야 "큰 노래에 묻혀 들리지 않던"
노래가 들린다. "사람에 가려 보이지 않던 사람"이 보인다.
이 시의 해 질 녘은 인생이 저무는 무렵이라는 의미를 지니
고 있다. 신경림 시인은 평생 눈에 뜨이는 꽃보다는 보이지
않던 꽃, 늘 다니던 길보다는 보이지 않던 길, 큰 노래보다는
들리지 않던 노래, 잘난 사람보다는 사람에 가려 보이지 않
던 사람 편이었다. 왜 그렇게 숨어 있는 것, 가려져 있는 것
들의 편이 되려고 하는 걸까?

바위틈에도 돌 틈에도 숨은 것들이 있다.
나무 사이에도 담벼락 사이에도 있다.
꽃들이 숨어 있고 풀들이 숨어 있고 돌들이 숨어 있다.
바람을 피해 햇살을 피해 숨어 있을까, 아닐 게다.
숨어 있어 아름답고 보이지 않아 더 아름답다.

숨은 것들은 사려 소리 와자지껄한 장바닥에도 있다.
차 소리 기계 소리 요란한 도심에도 있다.
새소리 바람 소리 조용한 산마을에도 있다.
숨어서 작은 일들을 하고 작은 것들을 만든다.
세상이 무서워서일까, 아닐 게다.
빛나지 않아 아름답고 설치지 않아 더 아름답다.
　　　　　　　　　　　　—「숨어 있는 것들을 위하여」 부분

"숨어 있어 아름답고 보이지 않아 더 아름답다"는 것이다.
그게 숨어 있는 것들을 찾아내는 이유다. 숨어 있는 것들은
바위틈, 돌 틈에도 있고 나무 사이, 담벼락 사이에도 있다.
숨어 있는 꽃, 숨어 있는 풀, 숨어 있는 돌처럼 하찮아 보이
는 것들. 그것들은 왜 숨어 있을까? 바람이 무서워서일까?
햇살이 두려워서일까? 아니다. 피해 있는 게 아니다. 자신을
드러내려 하지 않아서 그냥 거기 있는 것일 뿐이다. 그렇게
있어서 아름다운 것이다. 세상에는 자신을 드러내는 일에
집착하는 것들이 너무 많아서 숨어 있는 것처럼 보이는 게

더 아름다운 것이다.

숨어 있는 것들은 자연에만 있지 않다. 사람들 속에도 있다. "사려 소리 왁자지껄한 장바닥"에도 있고, "차 소리 기계 소리 요란한 도심"에도 있다. 물론 "새소리 바람 소리 조용한 산마을"에도 있다. 그들이 숨어 있는 까닭은 "세상이 무서워서일까". 시인은 아니라고 말한다. 그들은 잘 드러나지 않는 미미한 존재이지만 "숨어서 작은 일들을 하고 작은 것들을 만든다." 큰일을 하는 이들은 아니다. 큰 걸 만드는 이들도 아니다. 작은 일을 하고 작은 걸 만들지만 세상의 바탕을 이루는 이들이다. 장바닥에도 있고 도심에도 산마을에도 있으니 어디에나 있는 존재다. 그들은 "빛나지 않아 아름답고 설치지 않아 더 아름답다." 돋보이는 존재가 되려고 허세를 부리는 이들이 많은 세상, 크고 거창한 일을 한다고 허풍 떨고 싶어서 설치는 이들이 많은 세상이라 이들이 더욱 아름다운 것이다. 시인은 이런 숨어 있는 존재들의 편이고, 이들이 더 아름답다고 말하는 사람이다.

전파상 옆에는 국숫집이 있고 통닭집이 있고
옷 가게를 지나면 약방이 나오고 청과물상이 나온다.
내가 십년을 넘게 오간 장골목이다. 그런데도
이상한 일이다, 매일처럼 새로운 볼거리가 나타나니.
십년 전에 보지 못하던 것을 이제야 보고
한달 전에 안 보이던 것이 오늘에사 보인다.

기차나 버스를 타고 달려가서, 더러는
옛날 떠돌던 시골 소읍과 장거리를 서성이기도 한다.
밝은 눈으로는 보지 못했던 것들을
흐려진 눈으로 새롭게 찾아내고
젊어서 듣고 만지지 못했던 것들을
어두워진 귀와 둔하고 탁해진 손으로
듣고 만지고 다시 보는 즐거움에 빠져서.

　　　　　　　　　　　　　─「소요유(逍遙遊)」 부분

　못 보던 것을 다시 새롭게 보는 게 자연과 사람들 사이에
서 일어나는 일만이 아니다. 자기 자신에게도 일어난다. "십
년 전에 보지 못하던 것을 이제야 보고/한달 전에 안 보이
던 것이 오늘에사 보인다." 왜 그럴까? 어떻게 해서 이런 일
이 일어날까? 전파상, 국숫집, 통닭집, 옷 가게, 약방, 청과물
상, 장골목. 이런 장소는 신경림 시에 늘 등장하는 공간들이
다. 거기서 본 것, 거기서 만난 사람들에 대한 이야기가 신경
림 시의 내용을 채웠다. 한평생 그랬다. 한결같았다. 그런데
"밝은 눈으로는 보지 못했던 것들을/흐려진 눈으로 새롭게
찾아내고" 있다 한다.
　서성이고 있기 때문일 것이다. 서성인다는 건 천천히 걷
는다는 것이다. 거리를 두고 조금 떨어져서 지켜볼 수 있는
시간을 갖고 걷는다는 것이다. 소요하면 생각하며 걷게 된

다. "기차나 버스를 타고 달려가서" "시골 소읍과 장거리를 서성이"는 동안 새로운 것을 찾아낸다고 하는 이 시의 제목이 '소요유'다. 소요유는 『장자』에 나오는 이야기다. 신경림은 시집 『길』(창작과비평사 1990)에서 「장자(莊子)를 빌려」라는 시를 발표한 적이 있고, 그때도 시 끝에 "『장자(莊子)』 추수편(秋水篇)에 '대지관어원근(大知觀於遠近)'이라는 글귀가 있다"라고 각주를 달았다. 이 시에서도 "『장자』 내편(內篇)"에서 제목을 따왔다"고 덧붙이고 있다. 시 제목을 '소요유'라고 한 것도 의미를 부여한 셈이지만 구체적으로 주석을 달아 설명한 것도 깊은 생각이 있는 듯하다.

젊어서는 왜 안 보였을까? 젊어서는 서성이지 않았을 것이다. 대상의 안으로 뛰어들어 하나가 되어 섞여 있었을 것이다. 뒤섞여 같이 울고, 슬퍼하고, 분노하고, 소리치고, 원통해할 때는 안 보인다. 그때는 보이는 것만 보게 된다. 믿고 싶은 것만 믿고, 듣고 싶은 것만 듣게 된다. 시야가 좁기 때문이다. 배워서 안 것이 전부라고 믿는 시기다. 확신도 거기서 생긴다. 고집이 센 사람은 확신이 강한 사람이다. 고정관념이나 집착의 눈으로 사물을 보고, 사람을 보고, 세상을 보게 된다.

그러나 내가 뒤섞여 있던 세상과 거리를 두고 소요하면서 보게 되면 다르게 보이기 시작한다. 그래서 나이 들어서 "흐려진 눈으로 새롭게" 보게 되는 것이다. 그게 소요유가 주는 밝은 눈이다. 그게 학도(學道)와 명도(明道)의 차이, 배워서

얻은 깨달음과 밝은 눈으로 보는 깨달음의 차이다. "젊어서 듣고 만지지 못했던 것들을/어두워진 귀와 둔하고 탁해진 손으로/듣고 만지고 다시 보"게 되는 이유다. 이 말은 그래서 역설적인 언술이다. 소요는 느리게 걷는 걸음이다. 느리게 걸으면 마음의 여유가 생기고, 여유가 생기면 새롭게 보인다.

길을 통하여 세상으로 나왔고
길을 통하여 사람들과 만났다
빛과 그림자를 보았고
눈물과 한숨을 익혔다
길을 통하여 빛보다 그늘이
더 빛난다는 것을 배웠고
사람들보다 더 많은 별들이
사람들 속에 숨어 있다는 것을 알았다
(…)

어느 날 나는 길 밖으로 나왔다
더 많은 세상으로 나왔고
더 많은 사람들과 만났다
더 많은 빛과 그림자를 보았고
더 많은 눈물과 한숨을 겪었다 그리고
별들보다도 더 많은 나무와 풀이

사람들 속에서 자라고 있다는 걸 알면서
세상도 사람들도 길이 되었다
별들도 나무와 풀도 길이 되었다

—「다시 길로」부분

신경림 시의 중요한 모티브 중의 하나가 '길'이다. 명편들
이 많이 수록되어 있는 대표적인 시집 제목도 '길'이다. 이
시에서 말하는 것처럼 신경림은 "길을 통하여 세상으로 나
왔고/길을 통하여 사람들과 만났다". 그래서 "빛과 그림자
를 보았고/눈물과 한숨을 익혔다". 이 시의 앞부분 매 행의
동사는 '나오다' '만나다' '보다' '익히다' '배우다' '알다'
이다. 길을 통해서 만나고 보고 알게 되는 일이 있었던 것이
다. 그런데 『쓰러진 자의 꿈』(창작과비평사 1993)에 실린 널리
알려진 시 「길」에서 보면 그 길은 벼랑으로 이어지기도 하
고, 큰 강물 앞에서 끊어지기도 한다. 이게 다 "세상 사는 이
치를 가르치기 위해서라고 말"하지만 "길이 사람을 밖에서
안으로 끌고 들어가/스스로를 깊이 들여다보게 한다는 것
은 모른다"고 한 바 있다.
　중요한 것은 '만나고, 보고, 배우고, 아는' 것이 아니다. 다
시 볼 줄 아는 것이다. 새롭게 보는 것이다. 「다시 길로」에서
처럼 "길 밖으로" 나오는 방법이 있다. 길을 잃은 시대에 길
을 잃은 이들끼리 모여 이게 길이라고 하면서 몰려가다보면
벼랑으로 가게 되어 있다. 벼랑으로 가지 않는 길은 "길이

밖으로가 아니라 안으로 나 있다는 것"(「길」)을 아는 방법이 첫번째라고 시인은 말한 바 있다. 두번째가 「다시 길로」에서 말하는 것처럼 "길 밖으로 나"와 "더 많은 빛과 그림자를 보"고 "더 많은 눈물과 한숨을 겪"은 뒤에 다시 들어간 길이라야 한다는 것이다.

2

시인은 떠나는 사람이다. 시인은 언제든 새롭게 출발하는 사람이다. 머물러 있는 곳에 새로운 시는 없다. 머물러 있으면 갇혀 있게 된다. 몸이 갇혀 있으면 상상력도 갇히게 된다. 시인은 바람 같다. 바람처럼 버리고 떠나는 걸 좋아한다. 시는 유랑하는 정신의 소산이다. 시인은 수시로 출발의 시정에 휩싸이는 사람이다. 익숙한 것으로부터 떠나고 머물러 있는 시간으로부터 떠난다. 새로운 것을 찾아 나선다. 빛나는 곳을 찾아간다. 가치 있다고 믿는 것을 노래한다. 그걸 평생 밀고 간다. 시인은 머물러 있지 않고 떠다니기 때문에 현실에서 무능하다는 소리를 듣기도 한다. 비현실적이라고 비웃는 이가 있어도 떠나고자 하는 열망을 버리지 않는다. 떠돌다 만나는 사람들 속에서 빛나는 걸 찾는 사람이다. 새롭게 만나는 삶 속에서 빛나는 걸 찾는 사람이다. 그게 시인이 하는 중요한 일 중의 하나다. 신경림 시인이 늘 그랬다.

소백산 풍기로 별을 보러 간다

별과 별 사이에 숨은 별들을 찾아서
큰 별에 가려 빛을 잃은 별들을 찾아서
낮아서 들리지 않는 그들 얘기를 듣기 위해서

별과 별 사이에 숨은 사람들을 찾아서
평생을 터벅터벅 아무것도 찾지 못한 사람들을 찾아서
작아서 보이지 않는 그들 춤을 보기 위해서

멀리서 큰 별을 우러르기만 하는 별들을 찾아서
그래서 슬프지도 불행하지도 않은 별들을 찾아서
흐려서 보이지 않는 그들 웃음을 보기 위해서

사람과 사람 사이에 숨은 별들을 찾아서
사람들 사이에서 사람이 다 돼버린 별들을 찾아서
내 돌아가는 길에 동무 될 노래를 듣기 위해서

히말라야 라다크로 별을 보러 간다

— 「별을 찾아서」 전문

이 시의 화자도 길을 나선다. 가는 곳은 소백산 풍기, 가는 이유는 별을 보기 위해서라고 한다. 우리나라 근현대 문학에 등장하는 별은 빛나는 것, 어둠 속에서 밝은 빛을 잃지 않는 것, 우리가 갈 길을 가르쳐주는 존재의 상징이다. 그런데 시인이 찾는 별은 크고 우뚝한 별이 아니다. "별과 별 사이에 숨은 별들"이다. "큰 별에 가려 빛을 잃은 별들"이다. 단수의 빛나는 별 하나가 아니라 복수의 숨은 별들이다. "멀리서 큰 별을 우러르기만 하는 별들"이다. "낮아서" "작아서" "흐려서" 보이지 않고 들리지 않는 "그들 얘기를 듣기 위해서" "그들 춤을 보기 위해서" "그들 웃음을 보기 위해서" 간다.

그 별들은 도시에는 없고, 소백산 풍기 같은 곳에만 있다. 그들은 우리나라에 없을 때도 있어서 히말라야 라다크로도 간다. 그곳은 고요한 곳, 평화로운 곳, 싸움이 없는 곳, 욕심을 버린 곳, 가난하지만 행복한 삶을 선택한 곳이다. 그런 곳에 가야 볼 수 있는 별들이다. 하늘의 별을 보러 간다고 이야기를 시작했지만 시를 따라가다보면 "사람과 사람 사이에 숨은 별들"을 찾아간다는 걸 알게 된다.

별만 보자고 여기까지 와서 초원에 누웠건만,
어쩌자고 별 사이로 평생 내가 걷던 길이 보이나.
목로에 모여 앉았던 동무들이 보이고,
남루한 옷가지와 찌그러진 신발짝이 보이나.
별 말고는 아무것도 보지 말자고,

더 아름다운 것도 보지 말고 더 빛나는 것도 보지 말고,
오직 별만 보자고, 여기까지 와서 누웠건만.
어쩌자고 별 사이로 하늘을 가득 메운 별 사이로
담장 안에 숨어 피었던 복사꽃이 보이고,
진창을 건너가던 빨간 등불이 보이나.
별 사이로 하늘을 가득 메운 별 사이로 마지막엔
어쩌자고 철없이 여든을 넘긴 늙은이 하나 보이고,

오직 별만 보자고, 여기까지 와서 누웠건만.
—「고비에 와서」전문

   이 시에서도 화자는 길을 나선다. 목적은 별을 보는 것이다. 나라를 떠나 멀리 고비사막까지 간다. 그리고 거기서 별을 본다. "별만 보자고" 살던 곳을 떠나 고비에 가서 초원에 누웠는데 시인이 별 사이로 본 것은 "평생 내가 걷던 길"이다. "목로에 모여 앉았던 동무들"이 보이고 "남루한 옷가지와 찌그러진 신발짝"이 보인다. 힘들고 가난하고 외롭고 고난이 많았던 삶의 편린들이 보이고 비슷한 처지에 비슷하게 살던 친구들이 보인다.
   "오직 별만 보자고" 살던 곳을 떠나 멀리 왔는데 "담장 안에 숨어 피었던 복사꽃"이 보이고 "진창을 건너가던 빨간 등불"이 보인다. 복사꽃은 시인이 태어난 고향 마을에 많이 피는 꽃이다. 어려서부터 늘 보던 꽃이다. 별을 보려고 누웠

는데 하늘의 별 사이로 보이는 것은 힘들고 가난하고 어려웠던 지난날의 기억과 그중의 아름다운 한 장면이다. 고통스러운 길을 힘겹게 건너가던 날의 "빨간 등불"이 보이고 그 끝에 "철없이 여든을 넘긴 늙은이 하나"가 보인다. 시인 자신의 늙은 초상이 보이는 것이다.

　별이 상징하는 것은 고단한 삶 속에서 빛나는 것, 어두운 생에서 변치 않고 반짝이던 것, 깜깜한 시절에도 길이 되어주던 것일 터이다. 그런데 그 별 속에서 평생 걷던 고난의 길이 보인다고 탄식하고 있다. 그렇지만 결국 인생에 별이 되어준 것은 바로 이것들이었다는 말을 하고 있는지 모른다. 별은 하늘에만 있는 게 아니라 내 옆에 가난하고 측은하게 있던 것도 별이 되어 있고, 고향 마을에 핀 복사꽃 같은 것, 등불 같은 것도 빛나는 별이 되어 있다는 것이다. 별 하나를 바라보는 이런 시각이 윤동주가 노래한 별이나 김광섭이 노래한 별과도 다른 신경림만의 시를 창조해낸다고 생각한다.

　　여권도 항공권도 없는 여행을 떠날 거야
　　사자자리로 큰곰자리로 염소자리로
　　어쩌다 사람 사는 별에 이르기도 하겠지
　　예사롭게 거기 섞여 한 두어달 묵으면 좋지
　　둥그렇게 동산 위에 떠 있는 내 땅을 쳐다보며
　　조금은 뉘우치고 조금은 부끄러워해도
　　세상 살며 밴 땀과 때 빠져나가진 않겠지

고집과 심술 많이 풀려 풀잎처럼 순해지면
공작자리 전갈자리 두루미자리도 돌아야지
친지들한테 줄 선물도 하나씩 마련할 거야
작은 별똥별 하나에 꽃잎 하나씩 묻혀서
내 서른 마흔 그리고 여든을 오가면서
뉘우치면서 부끄러워하면서 다시 뉘우치면서
전갈자리 큰곰자리 물뱀자리를 오가면서
　　　　　　　　　──「비대면 시대의 여행」 전문

　여권도 항공권도 없이 어디로 여행을 떠난다는 걸까? 이
여행은 현실 세계의 어딘가로 떠나는 여행이 아니다. 삶을
떠나는 여행이라고 해야 할 것이다. 사자자리, 큰곰자리, 염
소자리로 떠나는 여행이니 상상 속의 여행이다. 이 세상을
떠나 다른 별자리에서 "둥그렇게 동산 위에 떠 있는 내 땅을
쳐다보며" 무슨 생각이 들까, 상상해보는 것이다. 사후의 세
계라도 좋을 그 여행에서 제일 많이 생각나는 게 '뉘우침'과
'부끄러움'이라고 시인은 말한다. 그런데 "조금은 뉘우치고
조금은 부끄러워해도/세상 살며 밴 땀과 때 빠져나가진 않
겠지"라며 걱정한다. 다만 "고집과 심술 많이 풀려 풀잎처럼
순해지면" 더 많은 별자리를 돌아다니겠다고 한다.
　이 시와 짝을 이루는 시 「밤은 길고 길지만」에서도 비슷한
말을 한다. "큰부리새자리로 여행을 떠나" "하늘 높이 붙은/

내 땅을 멀리 올려다보면서 "내 속 깊은 데 오래 갇혀 딱딱
해진/내장들을 꺼내 빨래 널듯 널 거"라고 한다. 그리고 "고
집과 편견 따위로 돌이 돼버린 지 오랜 것들"이 "나뭇잎처
럼 가벼워지면" 돌아오겠다고 한다.

　이 시는 신경림 시인이 투병하던 시기에 쓰였다. 하필 코
로나 팬데믹이 유행하던 비대면 시대와 겹쳤다. 그래서 '비
대면 여행'이라는 말을 하고 있는 것이리라. 고령의 노인들
이나 기저질환을 앓고 있는 이들은 위태로운 하루하루를
보내고 있던 때다. 세상을 떠나게 될지 모른다는 위기의식
이 많았고 그때가 오면 어떻게 할까를 고민하면서 이런 시
를 쓰지 않았을까 싶다. 그런데 세상을 떠나는 여행을 상상
하면서 "뉘우치면서 부끄러워하면서 다시 뉘우치면서" 그
시간을 마주하고 있다. 무엇을 뉘우치고 부끄러워한다는 걸
까? 앞의 시에서는 "고집과 심술"이 많았던 것을, 뒤의 시에
서는 "고집과 편견"이 많았던 것을 뉘우치고 부끄러워한다.
그것들이 순해지기를 바라고, 가벼워지기를 바란다. 그래도
"세상 살며 밴 땀과 때 빠져나가진 않겠지" 하고 염려한다.
죽음 이후의 시간을 상상하며 쓴 시가 이 시집에 여러편 있
는데, 그중에 대표적인 시가 「새떼」다.

　　오랜 세월 내 몸에 들어와 둥지를 틀었던 것들이
　　둥지를 박차고 뛰쳐나갔다.
　　쏜살같이 하늘로 달려 올라간다.

새떼다.

나도 그것들을 쫓아 내 몸에서 빠져나간다.
끼룩끼룩 꾸르르
새떼를 쫓아 하늘로 날아오른다.
마을이 멀고 산이 까마득하다.
강도 바다도 먼 세상 꿈속 그림 같다.

(…)

훨훨 하늘로 날아오른다. 다시
새떼가 되어서.
수백수천마리 새떼가 되어서.
한때 제 거처였던 나를 까맣게 잊어버리고.
이제는 한점 이슬로 굴참나무 잎에 매달린 나를 멀리
바라보면서.

다 잊어서
아무것도 생각나는 것이 없어
찬란한 아침 햇살에 날개들이 더 빛난다.

—「새떼」부분

"오랜 세월 내 몸에 들어와 둥지를 틀었던 것들이/둥지를 박차고 뛰쳐나갔다"면 그건 무엇일까? 시인은 '새떼'라고 했지만 영혼일 것이다. 일반적으로 몸을 떠난 영혼은 사후의 세계를 인도하는 자를 따라 수동적으로 이끌려가는 것으로 생각하는데 이 시는 그렇지 않다. "둥지를 박차고 뛰쳐나갔다" "쏜살같이 하늘로 달려 올라간다" 등 굉장히 동적이고 적극적이다. 앞에서 언급한 『장자』 '소요유'에 '화이위조(化而爲鳥)'라는 말이 나온다. '변하여 새가 되었다'라는 말이다. 이 새는 붕새다. 구만리를 날아간다는 전설 속의 새다. 시인은 붕정만리(鵬程萬里)를 가는 거대한 새를 택하는 대신 새떼를 택한다. 신경림 시인의 일생을 견주어보면 너무 당연한 선택이다. 이 새는 정신적 자유와 해방을 상징한다.

『장자』 '소요유'에서는 '무기(无己)'해야 새가 될 수 있다고 한다. 자기가 없어야 한다는 것이다. '무기'는 불교 용어인 '무아(無我)'와 같은 의미일 텐데, 자아가 무아가 되려면 자아를 채우고 있던 사적인 욕심들을 버려야 한다. 무기하려면 자신의 욕망과 집착에서 벗어나야 한다. 그래야 화이위조가 가능하다. "다 잊어서/아무것도 생각나는 것이 없어"야 가능하다. 그래서 "찬란한 아침 햇살에 날개들이 더 빛난다." "제 거처였던 나", 즉 육신의 '나'를 까맣게 잊어버리고 "한점 이슬로 굴참나무 잎에 매달린 나를 멀리 바라보면서" 새떼는 날아간다. 그 비상의 끝에서 새떼같이 자유로운 영혼은 「허공」에서 말한 것처럼 "마침내 그것마저 사라지고 없을/내가 휘적휘적 걸어갈 허공" "눈부신 햇살 아래서는 보이지 않던/허공"을 보게 될 것이다.

3

　시인은 내려놓는 사람이다. 시 한편을 쓰면서 하나를 내려놓는다. 마음을 짓누르는 무거운 것 하나씩 내려놓는다. 시인은 내려놓는 사람, 버리는 사람이다. 하나씩 벗어놓고 하나씩 버린다. 가벼워져야 자유로울 수 있다. 내리는 눈처럼 가벼워야 영혼이 멀리까지 갈 수 있다. 가벼워져야 영혼이 새떼처럼 높이 오를 수 있다. 지상으로 돌아오면 어느새 다시 무거운 것들로 채워지곤 하기 때문에 수시로 버리는 사람이 시인이다. 평생을 비우고 버리는 일을 하며 사는 사람이 시인이다. 그게 시인이 하는 중요한 일 중의 하나다. 별같이 빛나는 것을 향해 오르고자 하는 상승 의지는 가벼워지지 않으면 지닐 수 없다. 새떼처럼 솟구쳐 오르고자 하는 상승 욕구는 가벼워지지 않으면 이룰 수 없다.

　훨훨 새떼가 날아오른다
　(…)
　바른 세상 만들겠다던 고른 세상 만들겠다던
　우리들 철없던 날의 맹세를 비웃으면서
　가마우지떼가 날아오른다 비오리떼가 날아오른다

끼룩끼룩 나를 놀리면서 자꾸만 놀리면서
모든 꿈이 저녁 하늘 노을보다도 헛되었다고
꼭두각시 춤이었다고 모두가 헛되다고 달래면서
훨훨 새떼가 날아오른다
함께 가자고 물병자리까지 함께 가자고
이제는 늙고 병들어 더욱 아무것도 할 수 없는
허수아비처럼 가벼워진 나를 등에 오르라며
함께 가자고 사자자리까지 함께 가자고
아직도 버리지 못한 내 미련이 가엾어
엉거주춤 땅에서 발을 못 떼는 나를 울면서
흰뺨검둥오리가 날아오른다 왜가리가 날아오른다
훨훨 새떼가 날아오른다

─「훨훨 새떼가」 부분

버려야 가벼워질 수 있고 가벼워져야 하늘로 날아오를 수
있다. 시인이 버리지 못하는 게 여러가지 있다. 그중 하나가
"바른 세상 만들겠다던" 맹세다. "고른 세상 만들겠다던" 다
짐이다. 지나온 날들이 다 "철없던 날"이었다고 단정하는 일
이 힘들다. 그래서 새떼가 비웃는다. 버렸다고 했는데 돌아
보면 아직도 다 못 버린 미련이 남아 있다. 그래서 새떼가 놀
린다. 가여워한다. "엉거주춤 땅에서 발을 못 떼는" 모습을
보다가 운다. "이제는 늙고 병들어 더욱 아무것도 할 수 없
는/허수아비처럼 가벼워진 나"를 등에 태워 물병자리까지

데려다주겠다고 하는데 훌쩍 올라타지 못하는 '나'를 안타
까워한다. "모든 꿈이 저녁 하늘 노을보다도 헛되었다고/꼭
두각시 춤이었다고" 인정하면 되는데 그걸 못하고 있어서
새떼는 "모두가 헛되다"는 걸 인정하라고 달랜다. 새떼의 등
에 오르기 전 마지막 순간까지. 그게 참 힘든 일이다.

퇴원해 귀가하는 차 안에서,
거실 창밖으로 산언덕을 바라보며,
핸드폰 속에서 울리는 손자들의 목소릴 들으며,
나는 행복했는데

한달을 지나 두달을 지나
텔레비전을 보고 신문을 읽으며
증오에 찬 구호를 들으며
귀에 익은 날 선 노래를 들으며
나는 우울해진다.

꿈속에서는 다시
전쟁으로 폐허가 된 고향 마을을 헤매고
아내와 함께 살던 산동네 비탈길을 헐떡이고
중풍을 앓는 아버지 기침 소리에 귀를 막는다.
지하실 벽을 긁는 손톱이 보이고
등 뒤로 육중한 철문이 닫힌다.

내가 이룬 일도, 내가 얻은 것도
돌아보면 빈 허공뿐이고
뿌연 안개뿐이지만

그래도 나는 행복하다고
정말 행복하다고
안개뿐이고 허공뿐이어도 행복하다고 되뇌며 걷는
둘레길 골목길에

매일처럼 뿌옇게 미세먼지가 끼고.
내 지나온 나날들 같은 뿌연 미세먼지가 끼고.
──「미세먼지 뿌연 날」전문

　퇴원하고 난 뒤에 쓴 시다. 행복했다고 한다. 생사를 넘나
드는 수술을 했고, 경과가 좋지 않으면 집으로 돌아올 수 없
는데, 집으로 올 수 있었으니 행복해하는 게 당연하다. 그런
데 행복은 과거형으로 표현된다. 행복이 우울로 바뀌는 데
는 한두달이 채 걸리지 않았다. "증오에 찬 구호" "귀에 익
은 날 선 노래" 이런 것들 때문이다. 현실은 여전히 싸움 중
이다. 그것 때문에 꿈을 꾸면 "전쟁으로 폐허가 된 고향 마
을을 헤매고/아내와 함께 살던 산동네 비탈길을 헐떡이고/
중풍을 앓는 아버지 기침 소리에 귀를 막는다." 지나온 삶의

고비마다 힘들고 고통스러웠던 일들이 재현된다. 고문받고 박해받던 날들, 억압과 폭력이 난무하던 날들 속에 투옥되고 갇힌다. 그 속에서 저항하고 몸부림치던 것, 고난을 통해 "내가 이룬 일도, 내가 얻은 것도/돌아보면 빈 허공뿐이고/뿌연 안개뿐이지만" 그래도 행복하다. "그래도 나는 행복하다"고 말하는 이가 시인이다.

> 강을 하나 건너면서 어깨에 진 것 벗어놓고
> 산 하나 넘어서면서 손에 든 것 버리고
> 이제 나는 빈손, 가볍게 손을 털다가
> 깨어나니 간호사가 주사액을 갈고 있다
>
> 다시 길을 떠나면서 주머니 속 물건들 내던지고
> 입었던 옷가지도 벗어 던지고 그제야
> 아아 나는 얼마나 자유로운가
>
> 다시 눈을 뜨니
> 복도를 지나가는 어수선한 발자국들
> 꿈에, 문득 생시에 나는 돌아본다
> 아무것도 지니지 않은 가벼운 내 몸.
>
> ──「둔주(遁走)」부분

이 시에는 시작 노트가 붙어 있다. "대장암 진단을 받았을 때 나는 쉽게 이제 내가 가진 것을 다 버릴 때가 되었다고 생각했다. 하지만 일단 치료를 받고 병원을 나오면서 나는 전과 똑같은 생활을 계속한다. 생각해보니 내 한평생은 끊임없는 둔주였다." 이런 부연 설명을 한다. '둔주'는 도망쳐 달아나는 것이다. 이렇다 할 목적지도 없이 여기저기를 자꾸 나돌아다니는 것도 둔주. 여행은 목적이 있고 정해진 목적지가 있는데 둔주는 목적지가 없는 채 돌아다닌다는 차이가 있다. 시인은 암 수술 후 인생을 돌아보면서 "내 한평생은 끊임없는 둔주였다"고 한다.

목적이 있었고 함께 가야 할 곳이 있어 여기까지 같이 온 동료들은 이 말이 믿기지 않을 것이다. 그러나 시인이 이 말을 괜히 했을 리 없다. 꿈에서처럼 "벗어놓고" "버리고" "손을 털"고 "내던지고" "벗어 던지고" 하는 말이다. 빈손이 되어서 비로소 자유를 얻으면서 하는 말이다. 꿈과 생시를 거쳐 돌아보면서 하는 말이다. "아무것도 지니지 않은 가벼운 내 몸"이 되어서 하는 말이다. 물론 일상으로 돌아오면 아무것도 달라진 것이 없다. 다시 초라해진다. 초라한 상태, 초라한 존재, 그게 시인이다. 초라한 손을 펴보면서, 병원 갈 날을 두려워하면서 똑같은 생활을 계속한다. 그게 살아 있는 우리들의 삶이다.

4

   시인은 아파하는 사람이다. 이웃이 아프면 자기도 아픈 사람이다. 남의 아픔 때문에 잠 못 드는 사람이다. 세상이 아프면 같이 아파하고, 시대가 아프면 한 시대를 오래 아파하는 사람이다. 시인은 우는 사람이다. 시인은 곡비(哭婢), 대신 울어주는 사람이다. 시인은 눈물이 많은 사람이다. 눈물이 하는 말에 귀를 기울이는 사람이다. 눈물이 얼굴에 쓰던 젖은 글씨로 시를 쓰는 사람이다. 연민의 눈으로 세상을 보는 사람이다. 연민의 눈이 시인의 눈이다. 신경림 시인이 그랬다. "쓰러지는 자들, 짓밟히는 것들의 상처와 아픔을 어루만지고 흩어지는 것들, 깨어지는 것들을 다독거리는 일, 이 또한 내 시의 숙명"(「시집 뒤에」, 『쓰러진 자의 꿈』)이라고 했다. 그렇게 해서 "아름다운 세상을 만드는 데 작으나마 기여해야 한다는 생각"(「나는 왜 시를 쓰는가」)을 하며 시를 쓰는 사람이다. 평생 이웃의 아픔 때문에 괴로워했고 안타까워했다. 그 아픔을 끌어안고 살았다.

   깊고 차디찬 물속에 갇혀
   안타깝게 어머니를 부르던 날
   하늘도 울고 땅도 울고 바다도 울던 날
                      —「그날, 아아 그날」 부분

밤마다 바람이 창문을 찾아와 말하지 않더냐
슬퍼만 하지 말라고
눈물과 통곡도 힘이 되게 하라고

올해도 사월은 다시 오고
아름다운 너희 눈물로 꽃이 핀다
　　—「언제까지고 우리는 너희를 멀리 보낼 수가 없다」 부분

　　두편의 시는 세월호참사로 몇백명의 아이들이 황망하게
세상을 떠난 그해 사월에 대해 이야기한다. 우리가 살아온
세상의 추악함과 허망함에 대해서도 말하고 있다. "이 땅에
서 모든 아름다운 것들이 사라지던 날"(「그날, 아아 그날」), 그
런 절망적인 날 때문에 아파하고 있다. 그리고 울고 있다. 어
떻게 해야 "눈물과 통곡도 힘이 되게" 할 수 있을까 고뇌하
고, 어떻게 해야 눈물로 꽃이 피게 할까 고민하고 있다. 이
시를 쓸 때 시인의 나이는 팔십대였다.
　　시대의 아픔을 끌어안고 함께 아파하는 모습도 많은 시에
서 발견된다.

　　세상은 온통 잿빛, 어데 한곳 밝은 데 없었다.
　　전쟁으로 허물어진 집들은 그냥 버려져 있고
　　팔다리를 잃은 젊은이들과 부모를 잃은 고아들도
　　마찬가지로 버려져 있었다.

거지와 창녀밖에 내놓을 것이 없는
세상에서 가장 가난한 나라, 그런데도
감시의 눈초리는 곳곳에 박혀 있어
마음대로 책을 읽을 수도, 말을 할 수도 없었으나
그대 있어 이제 그 아픔도 꿈으로 되살아난다.
　　　　　　　—「그대 있어 우리들 내일이 춥지 않고」 부분

　우리는 이런 잿빛 역사를 살았다. "어데 한곳 밝은 데 없"
는 시대를 살았다. 전쟁 이후 버려진 건 "허물어진 집들"만
이 아니었다. "팔다리를 잃은 젊은이들"과 "부모를 잃은 고
아들"도 버려져 있었다. 젊은이들은 육체를 상실했고, 고아
들은 육친을 상실했다. 그렇게 버려져 있는 이들의 아픔을
시인은 내 일처럼 아파했다. 절대빈곤과 억압과 감시가 일
상이 된 시대의 아픔을 꿈으로 되살아나게 하려고 평생 시
를 쓰며 몸부림쳐왔다.

　　　골목에 나뒹구는 헌 옷가지가 낯익고
　　　담 너머로 넘어오는 된장 냄새가 반갑다
　　　음정이 맞지 않는 노랫소리가 정답다
　　　　　　　　　　　—「멀리서도 가까이서도」 부분

　가난한 사람들이 모여 사는 산동네에서 시인은 살았다.
가난하게 살았다. 가난한 이웃들과 같이 살았다. 그래서 "헌

옷가지" "된장 냄새" "음정이 맞지 않는 노랫소리"가 "낯익고" "반갑다" "정답다" 말한다. 가난한 삶, 평범한 서민의 삶을 아름답게 노래했다. 가난하고 힘들게 사는 사람들의 창에 밤이면 매달리는 별, 붉은 장미의 향기를 아름답게 노래했다. "멀리서 바라보는 산동네는 아름답다"고, "들어가 걸어보면 산동네는 더 아름답다"고 노래했다.

> 흙먼지에 쌓여 지나온 마을
> 멀리 와 돌아보니 그곳이 복사꽃밭이었다
>
> 어둑어둑 서쪽 하늘로 달도 기울고
> 꽃잎 하나 내 어깨에 고추잠자리처럼 붙어 있다
> ──「고추잠자리」 전문

이 시집의 맨 앞에 실려 있는 이 시는 매우 상징적인 장면을 보여준다. 이 짧은 네행의 시는 "흙먼지에 쌓여 지나온" 마을과 복사꽃밭, 어둠과 붉은 꽃잎이 선명한 대조를 이루고 있다. 신경림 시인의 한평생이 이 시에 압축되어 있다. "흙먼지에 쌓여 지나온" 길과 마을은 신경림 시인이 지나온 삶의 여정으로 읽어도 좋고, "어둑어둑 서쪽 하늘로 달도 기울고"는 기울어가는 시인의 인생으로 읽어도 된다. 현실은 흙먼지 가득했는데 돌아보니 그곳이 복사꽃밭이었다는 것이다. 꽃길만 걸어온 사람은 이렇게 말할 수 없다. 흙먼지 가득한 곳에 모여 사는 사람들의 마을을 지나온 뒤 그게 무릉도원이었다고 말할 수 있는 이가 시인이다. 그래서 지금 생은 어두워지고 달도 기울지만 붉은 꽃잎 하나가 화자를 축복하듯 어깨에 붙어 있다. 어깨에 붙어 있어서 마치 훈장 같은 느낌을 준다. 어깨에 붙어 있는 꽃잎을 훈장으로 생각하는 이가 시인이다.

> 창밖엔 눈발이 치고
> 모래바람 부는 사하라와 고추잠자리떼 빨간 동구 앞
> 길을
> 번갈아 오가면서, 지금 나는
> 병상에서 행복하다
>
> ─「그리고 나는 행복하다」 부분

시인은 병상에서도 행복하다고 말하고 있다. 아직도 창밖에 눈발이 치는 게 현실이다. 몸은 병들었는데 겨울이고 눈발이 치면 얼마나 걱정이 많겠는가. 그런데 이 어려운 상황에서 옛날을 회상하며 어린 시절 "나는 얼마나 행복했던가" 하고 말한다. 현실에서 행복했다기보다 정신적으로 행복했다는 말을 하고 있는 것으로 보인다. "다 늙어 꿈이 이루어져" 바이칼호에도 가보고 사하라에도 가보고 난 뒤에 행복했다고 한다. 그렇게 멀리 가서도 꿈을 꾸면 "주막집 뒷방에서 몰래 취"해 있거나 "얼개미로 민물새우를 건지"고 있다.

그 두 공간 사이를 오가는 시들은 후기 시집인『어머니와 할머니의 실루엣』(창작과비평사 1998),『사진관집 이층』(창비 2014)에 많이 나온다.

신경림 시인의 첫 시집『농무』(창작과비평사 1975)를 읽으면서 조태일 시인이 이 시집에 겨울을 배경으로 하는 시가 스물다섯편이나 되는데 눈 또한 빠지지 않는 단골 사물이라고 한 바 있다. 눈은 겨울이 주는 고난, 고통, 절망의 심상과 동일하다고 했는데 이번 시집에도 눈 내리는 날 쓴 시가 여러편 있다.「눈이 온다」「눈 오는 날」「서설(瑞雪)」「하얀 점묘」「눈보라 치기 전에」등이 겨울을 배경으로 하는 시다. 그런데 똑같이 눈을 제재로 하면서도「서설」은 다른 시들과는 분위기가 사뭇 다르다.

이런 아침 잔칫집에선 송아지가 태어났어
백리 눈길을 달려 수의사가 왔고

아파트 마당에도 비탈길에도 눈은 내리고
아름다워지라고 깨끗해지라고 땅을 덮고

땅속에선 새싹들이 영차영차 몸을 풀 거야
땅을 뚫고 얼굴 내밀 봄날을 기다리면서

잔칫집 차일 위에 눈이 쌓이고

트럭 운전대엔 새색시의 겁먹은 커다란 눈망울

과일 가게 좌판에도 폐지 손수레에도 눈은 내려
잃지 말라며 꿈을 잃지 말라며 세상을 덮어

온 세상이 평화스러우라고 모두들 행복하라고
감나무에도 은사시나무에도 눈이 내리고

—「서설」 부분

이 시에도 역시 "비탈길"이 있고, "과일 가게 좌판" "폐지 손수레"와 같은 신경림 시 특유의 공간과 사물이 등장한다. 그러나 이날 내리는 눈은 잔칫집에 내리는 눈이다. "아름다 워지라고 깨끗해지라고" 내리는 눈이다. 원망과 한숨과 울 음과 통곡을 안고 내리는 눈이 아니라 "꿈을 잃지 말라며" 세상을 덮는 눈이다. "온 세상이 평화스러우라고 모두들 행 복하라고" 내리는 눈이다. 서설이다. 눈과 함께 보여주는 풍 경은 밝고 아름답다. 잔칫집이라는 것만도 경사가 있는 건 데 거기다 송아지가 태어나니 겹경사가 있는 날이다. 과거 의 신경림 시가 보여주던 것과 확연히 다른 풍경의 시다. "땅속에선 새싹들이 영차영차 몸을 풀 거야"라고 희망찬 언 어로 노래하는 시다. 겨울의 언 땅을 뚫고 봄날을 기다리는 시다. 행복을 축원하는 시다. "새색시의 겁먹은 커다란 눈망 울"은 겁을 먹었지만 새로운 인생의 시작을 알리는 설렘과

축복의 이미지가 더 크다. 신경림의 유고시가 고난의 계절을 지나 아름다움과 고결함과 희망과 평화와 행복의 계절에 이르렀다는 걸 알게 한다.

> 살아 있는 것은 아름답다
> 하늘을 훨훨 나는 솔개가 아름답고
> 꾸불텅꾸불텅 땅을 기는 굼벵이가 아름답다
> 날렵하게 초원을 달리는 사슴이 아름답고
> 손수레에 매달려 힘겹게 비탈길을 올라가는
> 늙은이가 아름답다
>
> 돋는 해를 향해 활짝 옷을 벗는 나팔꽃이 아름답고
> 햇빛이 싫어 굴속에 숨죽이는 박쥐가 아름답다
>
> 붉은 노을 동무해 지는 해가 아름답다
> 아직 살아 있어, 오직 살아 있어 아름답다
> 머지않아 가마득히 사라질 것이어서 더 아름답다
> 살아 있는 것은 다 아름답다
>
> ——「살아 있는 것은 다 아름답다」 전문

시인은 우리에게 이런 시를 남겼다. "살아 있는 것은 아름답다". 생의 마지막에 이르러서 "아직 살아 있어" 아름답다고, "오직 살아 있어 아름답다"고 했다. 솔개도 굼벵이도 사슴도 늙은이도 아름답다고 했다. 살아 있는 것은 날짐승이든 벌레든 길짐승이든 늙은이든 다 아름답다는 것이다. 솔개는 훨훨 날지만 그래서 아름답고, 굼벵이는 겨우겨우 땅을 기면서 살지만 그래서 아름답고, 사슴은 날렵하게 초원을 달리지만 그래서 아름답고, 노인은 생의 후반에도 손수레를 끌고 힘겹게 살아가지만 그래도 아름답다고 한다. "돋는 해를 향해 활짝 옷을 벗는 나팔꽃"이 아름답고, "햇빛이 싫어 굴속에 숨죽이는 박쥐"가 아름답다고 한다.

살아 있는 모든 존재는 그 존재 자체로 아름답다고 보는 것이다. 그러나 이 시는 여기서 그치지 않는다. "지는 해가 아름답다"고 한다. "머지않아 가마득히 사라질 것이어서 더 아름답다"라는 말을 빼놓지 않는다. 무한히 살아갈 생명이어서 아름다운 게 아니라 유한한 존재라서 아름답다는 것이다. 우리가 유한한 존재라는 걸 받아들이니까 살아 있는 동안은 살아 있다는 것 자체만으로도 아름답다는 것이다. 이 말은 생명 긍정의 말이다. 유한하다는 것을 슬퍼하지 말고, 유한한 것 자체를 받아들이고 긍정하며 수용하는 자세, 이게 시인이 생의 마지막에 보여준 자세다. 남아 있는 우리들에게 주는 마지막 말이 아닌가 싶다. "아직 살아 있어, 오직 살아 있어 아름답다". 그러니 살아 있는 동안 아름답게 살라, 그 말을 하는 것이리라.

그 느티나무는 아주 작아졌다.

148

비바람에 많은 가지가 꺾이고 군데군데 뿌리도 줄기도
썩어 문드러졌다.
　동무해 지내던 수유나무며 은행나무는 베어진 지 오
래다.
　가을이면 붉노란 잎으로 덮어주던 초가지붕들은 이제
투박한 슬레이트로 바뀌었다.
　애걔, 이렇게 이 나무가 작았었나!
　오래간만에 찾아오는 낯익은 얼굴들은 놀라지만

　나한테 그 느티나무는 늘 크다.
　꿈속에서만 크고 기억 속에서만 큰 것이 아니라 실제로
커서 늘
　나를 덮고 마을을 덮고 끝내는 세상을 다 덮는다.
　　　　　　　　　　　　　　　　　——「큰 느티나무」 전문

　이 시의 느티나무는 변함없는 어떤 것의 표상이다. 변함
없이 소중한 존재, 변함없는 가치를 상징한다. 어릴 때 그 느
티나무는 컸다. 지금 느티나무가 작아졌다는 건 상대적으로
내가 컸기 때문일 것이다. "비바람에 많은 가지가 꺾이고 군
데군데 뿌리도 줄기도 썩어 문드러"져서 그럴 수 있다. 그게
현실이다. 세월이 많이 흘렀고 세상도 변했다. "동무해 지내
던" 나무들도 "베어진 지 오래다."
　그러나 소중한 존재는 여전히 소중하다. "나한테 그 느티

나무는 늘 크다"는 게 그런 의미이리라. 꿈속에서도 크고, 기억 속에서도 크고 실제로도 크게 다가온다. 여전히 크기 때문에 "나를 덮고 마을을 덮고 끝내는 세상을 다 덮는다." 우리에게 신경림 시인이 그렇다. "나한테 그 느티나무는 늘 크다."

이 시집은 신경림 시인의 유고 시집이다. 돌아가시고 난 뒤에 유가족이 남아 있는 시들을 수습해서 출판사로 보냈고, 창비 편집부 직원들과 내가 기존 시집에 이미 수록되어 있는 시들을 가려내고 다시 정리하여 엮은 것이다. 아직 다 찾아내지 못하여 이 시집에 실리지 못한 시가 있다면 나중에 전집을 만들 때 수록하기로 하고 이번 시집을 내기로 했다. 시집을 내기 위해 시들을 정리, 분류하고 읽으면서 느낀 것이지만 신경림 시인은 돌아가시기 전까지도 좋은 시를 쓰셨다.

한결같다. 이 말이 제일 먼저 떠올랐다. 거창한 것을 내세우거나 자기를 과장하거나 허세를 부리거나 하지 않고, 작고 하찮은 것, 낮은 데 있는 것을 향한 연민과 애정이 한결같다. 언어는 쉽고 이해하기 어렵지 않으며 정직하고 겸손하다. 그 점도 한결같다. 자기탐구, 자기성찰의 자세도 한결같고 이웃에 대한 연민, 인간에 대한 사랑도 여전하다.

초기 시부터 유작 시까지 하나의 결을 간직한 시를 쓴다는 건 쉽지 않은 일이다. 생의 마지막까지 좋은 시를 쓴다는 것 또한 쉬운 일이 아니다. 우리도 구십이 될 때까지 좋은 시를 쓸 수 있을까? 그 생각을 하면 더욱 그렇다. 마지막 순간까지 좋은 시를 쓰는 시인이 되어야 한다는 것, 그게 우리가 신경림 시인에게 배워야 할 중요한 덕목이다.

都鍾煥 | 시인

창비시선 518

살아 있는 것은 아름답다

초판 1쇄 발행 / 2025년 5월 16일
초판 4쇄 발행 / 2025년 6월 26일

지은이 / 신경림
펴낸이 / 염종선
책임편집 / 이진혁 박문수
조판 / 신혜원
펴낸곳 / (주)창비
등록 / 1986년 8월 5일 제85호
주소 / 10881 경기도 파주시 회동길 184
전화 / 031-955-3333
팩시밀리 / 영업 031-955-3399 편집 031-955-3400
홈페이지 / www.changbi.com
전자우편 / lit@changbi.com

ⓒ 신병규 2025
ISBN 978-89-364-2518-0 03810